書下ろし

桜の下で

風烈廻り与力・青柳剣一郎㉑

小杉健治

祥伝社文庫

目次

第一章　桜の下で　9
第二章　男の狙い　87
第三章　謀　略　167
第四章　満開の桜　248

長命寺
橋場
浅草
吾妻橋
三囲神社
向島
不忍池
本郷
一つ目弁天
女郎屋『弁天家』
神田川
両国橋
浜町堀
隅田川
竪川
小伝馬町
古着屋『松島屋』
高砂町
新大橋
小名木川
南町奉行所
八丁堀
霊岸島
永代橋
深川佐賀町
木場
北
西
東
南

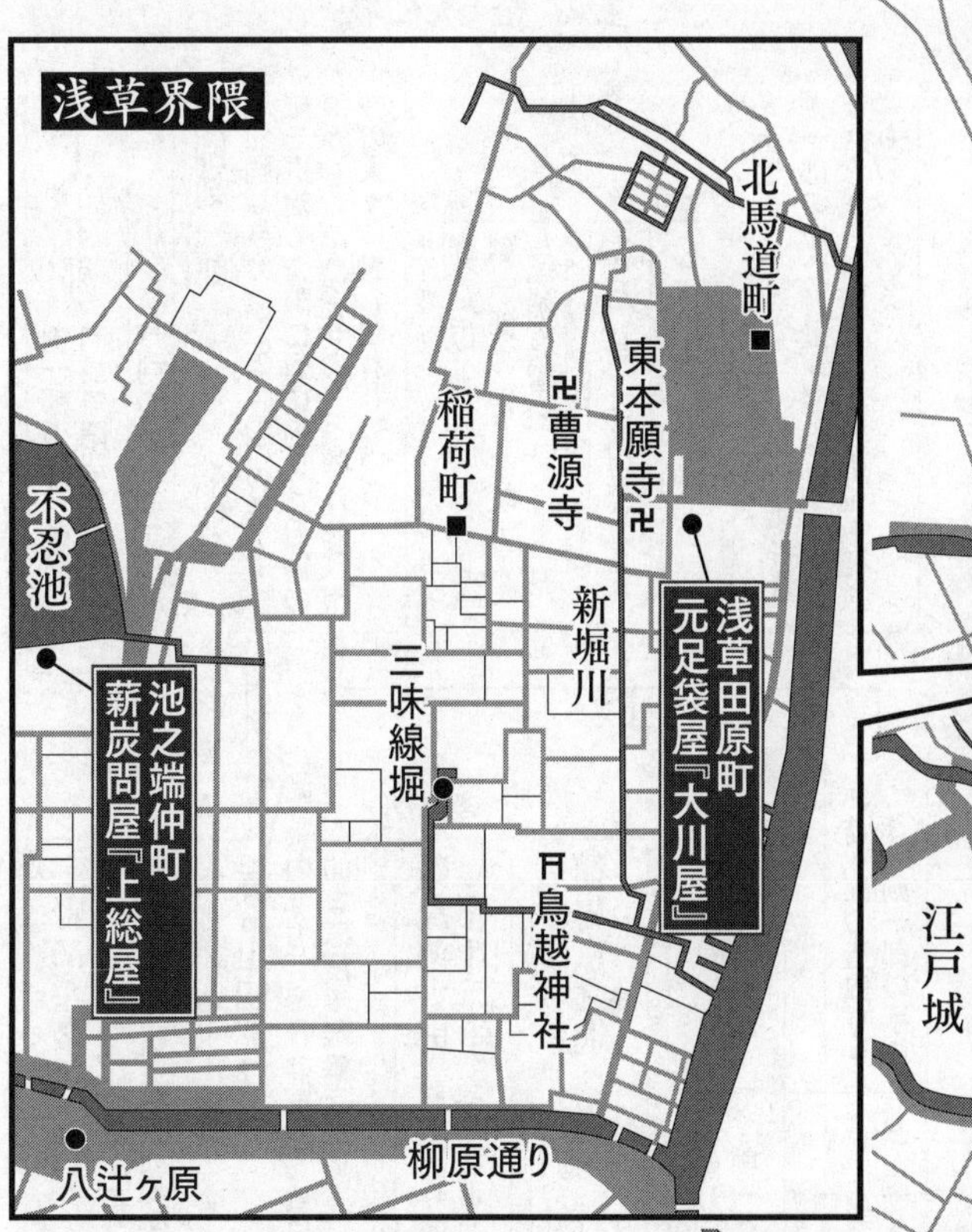
浅草界隈
北馬道町
東本願寺
曹源寺
稲荷町
不忍池
新堀川
浅草田原町
元足袋屋『大川屋』
池之端仲町
薪炭問屋『上総屋』
三味線堀
鳥越神社
江戸城
八辻ヶ原
柳原通り

「桜の下で」の舞台

主な登場人物

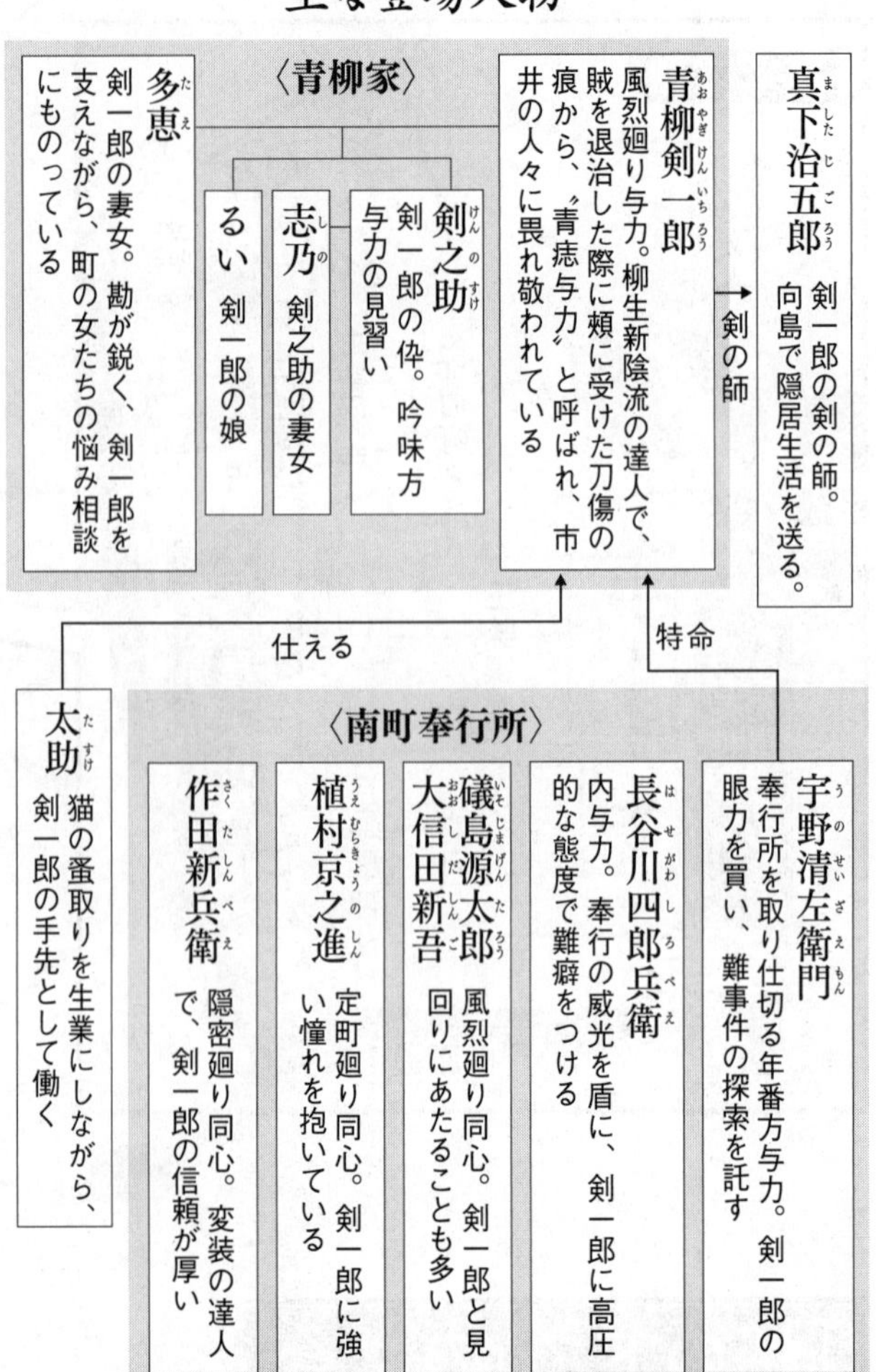

〈青柳家〉
青柳剣一郎
風烈廻り与力。柳生新陰流の達人で、賊を退治した際に頬に受けた刀傷の痕から、〝青痣与力〟と呼ばれ、市井の人々に畏れ敬われている
剣の師
真下治五郎
剣一郎の剣の師。向島で隠居生活を送る。
剣之助
剣一郎の倅。吟味方与力の見習い
志乃
剣之助の妻女
るい
剣一郎の娘
多恵
剣一郎の妻女。勘が鋭く、剣一郎を支えながら、町の女たちの悩み相談にものっている
特命
仕える
〈南町奉行所〉
宇野清左衛門
奉行所を取り仕切る年番方与力。剣一郎の眼力を買い、難事件の探索を託す
長谷川四郎兵衛
内与力。奉行の威光を盾に、剣一郎に高圧的な態度で難癖をつける
礒島源太郎
大信田新吾
風烈廻り同心。剣一郎と見回りにあたることも多い
植村京之進
定町廻り同心。剣一郎に強い憧れを抱いている
作田新兵衛
隠密廻り同心。変装の達人で、剣一郎の信頼が厚い
太助
猫の蚤取りを生業にしながら、剣一郎の手先として働く

第一章　桜の下で

一

風烈廻り与力の青柳剣一郎は非番の日、八丁堀組屋敷の堀から船に乗り、向島に向かった。富島町一丁目、霊岸島、そして田安徳川家の下屋敷を右手に見て大川に出ると、すぐ目の前に新大橋が現われた。

剣一郎の剣術の師である真下治五郎が、鳥越神社の裏手にあった江戸柳生の道場を伜に譲り、向島に隠居をしたのは何年も前のことだ。

今は、若い妻女とふたりでのんびり暮らしている。

三囲神社の鳥居の前にある船着場で下り、剣一郎は墨堤を歩いた。

まだ桜の樹は芽ぶいていないが、あとひと月もすれば桜が咲き、ここは花見客で賑わうだろう。

長命寺に差しかかった。名物の桜餅の店の前で、紅い毛氈の縁台に腰かけ数人の男女が桜餅を食べていた。

やがて、治五郎の家に着いた。久しぶりの訪問だった。戸を開けて土間に入り、訪（おとな）いを告げた。すると、治五郎の若い女房のおいくが顔を出した。

「まあ、青柳さま」

おいくは表情を輝かせた。

「ご無沙汰しております」

剣一郎はにこやかに言う。

「喜びますわ。さあ、お上がりになって」

声が聞こえたのか、奥から治五郎が飛んできた。

「青柳どの。長らく待ちかねたぞ」

「おひさしぶりです」

「さあ、上がって」

「これ」

酒の徳利（とっくり）をおいくに渡した。治五郎は酒に目がない。

「すみません」

おいくが頭を下げる。

剣一郎は腰から刀を外して部屋に上がった。

庭に面した部屋で、治五郎と向かい合った。

「先生、大変ご無沙汰して申し訳ありません」

「なあに、青柳どのは江戸のひとびとを守るというたいへんな役割を担っておるのだ。ご苦労なことだ」

治五郎は顔をくしゃくしゃにして笑った。笑うと、もともと皺の多い日焼けした顔が猿のようになった。

「先生、お元気そうで安心いたしました」

一時、病気で寝込んだことがあったが、すぐに回復した。もともと、頑健な体の持ち主だ。

おいくが酒の支度をしてやってきた。

「青柳さまから頂戴いたしたものです」

「ありがたい」

治五郎は、さらに相好を崩した。

「最近、江戸も穏やかなようだな」

「はい。幸い、大きな火事も殺伐とした事件もありません。ただ、無法な輩はいつの世にも現われますので、気は抜けません」

「そうよな」

酒を酌み交わしながら、よもやま話に興じた。

「剣之助も元気か」

治五郎は、剣一郎の伜剣之助のことを口にした。

「はい。元気で、吟味方与力の見習いとして励んでおります」

「そうか」

おいくが台所に立ったとき、

「わしが死んだら、おいくを頼む」

と、治五郎が言った。

これは治五郎の口癖のようになっていた。いずれ自分は先に死ぬ。残されたおいくが可哀そうだ。あとを頼めるのは青柳どのしかいない。治五郎はそう言う。

「先生はまだまだだいじょうぶです」

「うむ。気持ちの赴くままに生きる。これが長生きの秘訣だ」

治五郎は酒をうまそうに呑んだ。

剣一郎が庭のほうに目をやったとき、生け垣の向こうに年寄りがやってきた。

「先生、どなたかが」

剣一郎は声をかけた。

治五郎も庭を見た。

「おう、幸助どのだ」

治五郎が弾んだ声で言う。

「幸助どの……」

「うむ。最近、親しくさせてもらっている幸助どのだ」

幸助は庭に入って、濡縁までやってきた。見た目は五十歳ぐらい。鶴のように細い体で、髪は薄く、額は広い。顎に大きな黒子があった。

「お客人でございましたか。また、出直しましょう」

幸助は剣一郎に会釈をし、治五郎に言った。

「先生、よろしければごいっしょに」

剣一郎は言う。

「よいか」

「もちろんです」

剣一郎は幸助に向かい、

「幸助どの。どうぞ、ごいっしょに」

「幸助どの。こちらは南町奉行所与力の青柳剣一郎どのだ」

治五郎は紹介した。

「青痣与力……あっ、失礼しました」

幸助は剣一郎の左頬を見て言ったが、あわてて頭を下げた。

若い頃、町を歩いていて押込みに遭遇し、剣一郎は単身で踏み込んで数人の賊を退治した。そのとき左頬に受けた傷が青痣となって残った。その後、数々の難事件を解決に導いたことによって、青痣は勇気と強さの象徴として江戸のひとびとの心に深く刻み込まれていった。

江戸のひとびとは畏敬の念をもって、剣一郎のことを青痣与力と呼んだ。

「青柳さまのご高名は承っております」

「恐縮です。さあ、どうぞ、お上がりを」

剣一郎も勧める。

おいくも戻ってきて、

「まあ、幸助さま」

と、声をかけた。

それから、幸助も交えて、酒を酌み交わした。

「幸助どのが向島にやってこられたのは三年前であったか」

治五郎が思いだすように言う。

「散策のとき、たびたび顔を合わせ、やがて言葉を交わすようになって、今ではお互いの家を訪問しあう仲になった」

治五郎は目を細めて言う。

「私は浅草田原町で足袋屋をやっていたのですが、五年前に女房が亡くなったのを潮に店を畳みました。それから他の土地にも行きましたが、三年前にこちらに引っ越してきました」

「そうですか。向島には何か縁が？」

「桜です」

「桜？」

「西行法師だそうだ」

治五郎が言う。

「西行法師？」

剣一郎は小首を傾げたが、

「ひょっとして、願わくは花の下(もと)にて春死なん、ですか」

と、きいた。

「さすが、青柳さま。その和歌をご存じでいらっしゃいましたか」

幸助がうれしそうに言う。

「あまりに有名な和歌ですから。願わくは花の下にて春死なん、その如月(きさらぎ)の望月(もちづき)のころ」

剣一郎は答える。

「まさに、私もその心境なのです。桜が咲き誇っている頃に死にたいと。言わば、死に場所を求めてこの地にやってきたのです。ただし、釈迦(しゃか)の亡くなられた日に死にたいとまでは思いませんが」

釈迦が入滅したのが如月の望月、すなわち二月十五日で、西行法師が亡くなったのは二月十六日だ。

西行法師は平安時代末期から鎌倉時代初期のひとで、もともとは佐藤義清(さとうのりきよ)という「北面(ほくめん)の武士」だったが、二十三歳で出家をし、西行と名乗った。

「幸助どのは若い頃から桜が好きだったのですか」

剣一郎はきいた。

「いえ。歳(とし)とともに、でしょうか」

「幸助どのは和歌を？」

「いえ、俳諧(はいかい)を」

「俳諧ですか」

「まあ、素人(しろうと)の道楽です」

「俳諧でも、西行法師に憧憬(しょうけい)を？」

「ええ、松尾芭蕉(まつおばしょう)も西行法師に崇敬(すうけい)の念を抱(いだ)いたようですし」

「西行法師には他にも花を詠(よ)んだ和歌がたくさんあるそうですね」

「ええ」

あまり気乗りしないような返事に思え、剣一郎はそれ以上、西行について触れるのをやめた。

「今年こそ、お迎えがくると思っていましたが、まだのようです」

幸助は苦笑した。

「まだまだ、お元気そうではありませんか」

剣一郎が言う。

「幸助どのは達者だ」

治五郎が口をはさんだ。

「お店は畳んだそうですが、お身内は？」

「おりません」

「そうですか」

「ところで、幸助どの。妙な男はその後、いかがですか」

治五郎が心配そうにきいた。

「ええ。あれから来ません」

「妙な男とは？」

剣一郎は聞きとがめた。

「三日前、幸助どのの住まいを訪れたら、遊び人ふうの男が様子を窺っていたのだ。何か御用かときいたら、何も言わずに逃げるように去っていった。明らかに、家の中を覗いていたんだ」

治五郎が説明した。

「訪ねてきましたが、ひと違いだったようです」

「盗人だったらどうするのだ」

「まさか、私の家に金目のものがあるとは思わないでしょう」

幸助は、新梅屋敷の近くに小さな家を借りているという。

「それならよいが」

治五郎は気がかりなように言う。

それから四半刻（三十分）経ち、剣一郎は居住まいをただし、

「先生、そろそろ私はお暇を」

と、挨拶をした。

「そうか。今日は楽しかった」

治五郎は目尻を下げた。

「とんだ邪魔をして申し訳ありませんでした」

幸助がすまなそうに頭を下げた。

「いえ、また、お会いいたしましょう」

剣一郎は幸助にも挨拶をして腰を上げた。

「そこまで送っていこう。幸助どの、ちょっとそこまで見送ってきます。おいく、ここを頼んだ」

先生、結構ですと言おうとしたが、剣一郎は治五郎が何か話したいことがあるのだと察した。

土間をいっしょに出て、門の前までやってきた。

「先生、何か」

「じつは幸助どののことだ。気になるので、暇なときに調べてもらえぬか」

「気になることとは？」

「幸助どのの話に嘘がある」

「嘘ですか。たとえば？」

「桜の花の下で死にたいというほど、桜が好きだとは思えぬ。それから、遊び人ふうの男は見ず知らずの者とは思えなかった」

「どんな男でしたか」

「歳は二十七、八で、無気味な感じの男だ。背が高く、馬面だった。顎が少ししゃくれていた」

「幸助どのは、田原町で足袋屋をやっていたと言ってましたが？」

「『大川屋』という屋号だったそうだが、あまり、その話もしないのだ。何か深い事情があるのかもしれぬ」

「わかりました。そこも調べてみます」

「何か困っているなら力になってやりたいのだ。よろしく頼む」

「任せてください」

剣一郎が請(う)け合うと、治五郎は安堵(あんど)したように笑(え)みを浮かべた。

「また、来てくれ」

「ええ。では」

編笠(あみがさ)をかぶり、剣一郎は治五郎に見送られて歩きだした。

剣一郎は吾妻橋(あずまばし)を渡り、雷門(かみなりもん)前を過ぎ、田原町にやってきた。

田原町の自身番に顔を出す。

「これは青柳さまで」

月番(つきばん)の家主(いえぬし)が居住まいをただした。

「五年前まで町内にあった『大川屋』という足袋屋についてききたい」

剣一郎はそう言い、

「そこの主人は幸助というそうだが」

と、きいた。

「はい。幸助さんとは親しくさせていただいてました。おかみさんが亡くなったあと、店を畳み、どこぞに行かれました」

「どこぞに？」

「ええ、旅に出ると言い、そのまま行方がわからぬままに」

「なに、行方がわからぬ？」

「はい。幸助さんは俳諧を嗜んでおられました。おかみさんを亡くしたのをきっかけに、諸国を巡ろうとしたのか。なにしろ、西行法師や松尾芭蕉にかなり影響されておりましたから」

「なるほど」

五年前に店を畳み、旅に出た。だが、三年前に戻り、向島に住みついたというわけか。

「幸助は桜が好きだったのか」

「はい。好きでした。死ぬときは、桜の下で死にたいというのが口癖でした」

「そうか」

「桜が散っていくように死んでいきたいと」

「桜が散るように？　満開の桜の下ではなく？」

「ええ。幸助さんは満開の桜より、散っていく桜が好きだそうです。だから、桜の花が舞い散る中で死ねたらと言ってました」

「幸助はいつから足袋屋を？」

「十四年ほど前からです。最初は小さな店でしたが、それこそ一日中働き詰めで店を大きくしました」

「そんなに働き者だったのか」

「ええ、酒も女も博打もやらず。唯一の道楽が俳諧で、月に一度、句会に顔を出すのが楽しみだったようです」

「そうか」

剣一郎は呟いてから、

「幸助はどんな風体だ」

と、念のためにきいた。

「小肥りで、丸顔の穏やかな感じでした」

「何か目立つ特徴は？」

「そうですね。目が大きかったことでしょうか」

「顎に黒子はなかったか」

「黒子ですか。いえ」

顎に大きな黒子があれば目立つ。

「幸助と親しかった俳諧仲間を知らないか」

「絵師の佐野楽泉さんとは親しかったはずです」

「佐野楽泉の住まいはどこだ？」

「下谷車坂町です」

剣一郎は場所を聞いて、自身番を離れた。

向島で会った幸助は、『大川屋』の主人とは別人のように思えた。何者かが『大川屋』の元主人になりすましている。

剣一郎は東本願寺の前を過ぎ、新堀川を渡って稲荷町を通る。片側には仏具店が並んでいる。

下谷広徳寺を過ぎ、車坂町に着いた。絵師佐野楽泉の家はすぐにわかった。二階長屋の一番奥の家だった。

格子戸を開けて奥に声をかけた。しかし、応答がなく、もう一度呼びかけた。奥にひとの気配がするので、さらに声を発した。

やっと、裁っ着け袴をはき、眼鏡をかけた男が絵筆を持って出てきた。五十近い。

「南町奉行所与力の青柳剣一郎と申す。佐野楽泉どのか」

剣一郎は名乗った。

「青柳さま」

楽泉は呟いて、上がり框(かまち)に腰をおろした。

「邪魔をしてしまったか」

剣一郎は気にした。

「いえ、なかなか筆が進まず、ぼけっとしていたところです」

楽泉は目をしょぼつかせた。

「田原町にあった『大川屋』の主人幸助を知っているな」

「幸助さん？　知ってます」

楽泉は不審そうに答えた。

「今、どうしているか知っているか」

「いえ、知りません。五年前に旅に出たまま、それきりです」

「なぜ、旅に出たのだ？」

「おかみさんが亡くなって世の無常を悟(さと)ったのでしょう。店を畳み、ひとり旅立っていきました」

「行き先は？」

「奈良の吉野山です」

「吉野山？」

「西行法師です。出家した西行が庵を構えた京の嵯峨や鞍馬を見て、それから吉野山、さらには高野山に行くつもりだと言ってました」

「で、いつ帰ると？」

「それは何も言っていませんでした」

「それから一切何の便りもないのだな」

「ありません」

「幸助はどうなったと思っているのだ？」

「おそらく、旅先で倒れ、そのまま亡くなったのではないかと」

「そうか」

剣一郎は言い、

「邪魔をした」

と挨拶をし、引き上げようとした。

「青柳さま」

楽泉が呼び止めた。

「幸助さんに何かあったのですか」

「いや、たまたま、『大川屋』の幸助のことを耳にしたので、確かめにきたのだ。また、何かあったらききにくる」

剣一郎は訝(いぶか)しげな顔の楽泉と別れ、八丁堀に帰った。

二

浅草御門を抜けて、宗次(そうじ)は両国橋(りょうごくばし)に足を向けた。下谷にある武家屋敷の中間(ちゅうげん)部屋に顔を出しての帰りだ。月は皓々(こうこう)と照って、五つ（午後八時）を過ぎたが、提灯(ちょうちん)の明かりは必要なかった。

梅の花は咲きはじめても、夜になると川風はひんやりとしてまだ肌寒い。

橋番屋の前に差しかかったとき、中から男がふたり出てくるのが目の端に入った。宗次は顔を背(そむ)けて行きすぎる。

橋の真ん中辺りで、三味線(しゃみせん)と太鼓の音が聞こえてきた。宗次は欄干(らんかん)に寄り、川を覗いた。今しも、屋根船が橋の下に現われた。船は上流に向かって行く。

宗次の狙(ねら)いは背後を確かめることだった。さりげなく、やって来た方角に顔を向けた。すると、同じように欄干から川を見ているふたりの男がいた。ひとりは尻端折りをして羽織を着ている。顔はわからないが、小肥りの体型から蝮の伝蔵という岡っ引きだとわかった。

伝蔵が屋根船に興味があるとは思えない。狙いは俺だと、宗次は身を引き締めた。

宗次はゆっくり欄干から離れ、橋を渡って行く。酔っぱらった職人体の男や荷を背負った商人が行き交う。

橋を渡りきり、竪川のほうに曲がった。やはり、ふたりはついてくる。

急いで一ノ橋を渡った。一つ目弁天の前に、提灯の明かりが灯っている家があった。『弁天家』と屋号が書いてある。白粉を塗りたくった女が店先で、客引きをしていた。

「お兄さん、どう」

後ろを振り返る。岡っ引きの姿が見えない。

「いいだろう」

「うれしいわ」

女は宗次の手を引いて、土間に入った。

狭い階段を上がって二階の部屋に行った。三畳ほどの部屋だ。行灯の明かりに、紅殻が剝げかかった鏡台と衣紋掛けが目に入った。

宗次は窓辺に行き、そっと障子を少し開けた。今、やって来た道が見え、一つ目弁天の常夜灯の明かりが見えた。

宗次はあわてて顔を引っ込めた。伝蔵の姿が見え、子分が辺りを見回していた。

やはり、俺のことを疑っていたのか。

「お兄さん」

女が声をかけた。

窓の戸を閉めて、宗次は振り返る。

「せんです。よろしくお願いします」

おせんは跪いて名乗った。丁寧に挨拶をしたので驚いた。

「俺は……」

「いいんですよ、名乗らなくて。もし、二度目があったら、そのとき教えてくださいな。だって、一夜限りのお客さんの名を聞いても……」

おせんははっとして、

「いけない、会ったばかりなのにこんな話をして」

と、あわてて言った。

改めて顔を見ると、鼻が低く、目は小さくて丸い。器量はいいとはいえないが、思ったより若そうだ。声からすると、三十前かもしれない。厚く白粉を塗りたくっていたのは、歳をごまかそうというわけではないようだった。おそらく、素顔を隠すためだろう。

外から女の声がした。

「ちょっとごめんなさい」

おせんは障子を開けた。

さっき下にいた遣り手婆のようだ。

おせんは顔を宗次に向け、

「ちょっと、ここにいて」

と言い、障子を閉めて階段を下りて行った。

宗次は胸騒ぎがして、立ち上がって廊下に出た。階段のところまで行き、階下の様子を窺った。

「いえ、きていません」

おせんの声がする。

「へたに隠し立てすると、ためにならねえ」

伝蔵の声だ。

「親分さん、隠し立てなんかしませんよ」

「ほんとうだな」

「ええ」

「わかった。信用しよう」

伝蔵は引き下がったが、

「もし、宗次って男がきたら自身番に知らせるんだ。いいな」

「はい」

「邪魔したな」

伝蔵は引き上げた。

宗次はすぐ部屋に戻り、窓辺に行った。障子を少し開けて外を見る。この家から伝蔵と子分が引き上げて行く。

襖（ふすま）が開いて、おせんが戻ってきた。

「ごめんなさい、もう、だいじょうぶよ」

「なにがだいじょうぶなんだ?」

宗次はきく。

「岡っ引きは引き上げたから」

「どうして俺を捜(さが)していると思ったのだ?」

「少し前にここに入った客はいるかときいてきたの。だから、上のお客さんはもう半刻(一時間)前からいると言ってやったわ」

「どうして、そんな嘘を?」

「私のお客さんになってくれたひとを売るわけないでしょう」

「…………」

「お酒頼みましょうか」

「そうしてもらおう」

宗次は頷(うなず)いて言う。

おせんは部屋を出て階下に行った。

すぐに戻ってきた。

それからしばらくして廊下から声がかかった。おせんは襖を開け、廊下に置いてあった酒を部屋に移した。

盆の上に、銚子と猪口がふたつ、それに簡単なつまみが載っていた。

猪口を寄越し、おせんは酌をした。

「すまねえ」

おせんは自分で猪口に酒を注いだ。

「俺は宗次だ」

酒を呷ってから、宗次は名乗った。

「そう」

「岡っ引きが、宗次って男がきたら自身番に知らせろと言っていたではないか」

「そうだったかしら。聞いていなかったわ」

おせんは伝蔵から言われたことを無視した。

「岡っ引きに追われている男を薄気味悪いと思わないのか」

宗次はおせんの顔色を窺う。

「宗次さん、そんな悪いひとには見えないもの」

「………」

「さあ、どうぞ」

おせんは銚子を差し出す。

「なんで追われているのか、きかないのか」

「馴染みになったらききたいけど、どうせ一夜限り。知っても仕方ないでしょう」

「どうして、さっきから一夜限りだと言うんだ?」

「私みたいに器量のよくない女のところに、また来ようなんて誰も思わないでしょう」

おせんは自嘲ぎみに言う。

「なぜ、そんな言い方をするんだ?」

宗次は強い口調で言う。

「おめえはそんな悪い器量じゃねえ。気立てはいいし、いっしょにいて心が落ち着く。俺はおめえの客になれてよかったと思っているぜ」

「うれしいわ。お世辞でもそう言っていただけると」

「お世辞じゃねえ。もっと自信を持つんだな」

宗次は励ますように言い、銚子をつまむと、

「さあ」

と、おせんに差し出す。

宗次が酒を注いだが、途中で滴だけになった。

「もう空だ」

「いただきます」

おせんは猪口を口に運んでから、空の銚子を盆に置いて、

「お酒、とってくるわ」

と、立ち上がった。

おせんは酒を持って戻ってきた。

しばらくして、二本目が空になったあと、宗次は追加を頼んだ。

「でも、早くしないと」

おせんは急かした。

隣の部屋の襖が少し開いていて、ふとんが敷いてあるのが見えた。

「急ぐことはねえ」

「………」

「泊まる」

宗次は言う。

「えっ、泊まってくれるの？」

「そうだ。おめえといると、心が安らぐ。もう少しいっしょに呑みたい心持ちなんだ」

「じゃあ、持ってくるわ」

おせんはうれしそうに言い、部屋を出て行った。

心が安らぐのはほんとうだった。

結局、四本を空にしてから、寝床に入った。

おせんはみずみずしい肌をしていた。三十近い女には思えなかった。久しぶりの女の肌に、宗次は貪りつくようにおせんを求めた。おせんも応えるように激しく燃えた。

おせんは宗次の腕の中で荒い息を鎮めていた。

「こんなに夢中になったの、はじめて」

おせんは照れたように言う。

「俺もだ」

宗次は呟く。

「嘘でもうれしいわ」

「嘘なものか」

「だって、いつも……」

「いつもなんだ？」

「醜女（しこめ）だとか愚図（ぐず）だとか言われていたから」

「誰だ、そんなことを言う奴は？」

宗次は不快になってきいた。

「……」

「ひょっとして、おめえの亭主か。おめえは亭主持ちか」

宗次はおせんの顔を見た。

「ええ」

「亭主はどうしたんだ？」

「いいじゃないの、そんな話」

おせんは小さく答える。

「そうだな。俺には関係ねえか」

「ごめんなさい」

「なに、謝るんだ？」

「亭主のこと、思いだしたくないの。特に、今は。宗次さんとこうしているときは……」

おせんは宗次の裸の胸に顔を押しつけてきた。

亭主で苦労していることがわかった。ひょっとして、おせんは亭主に売り飛ばされてこんなところに……。

この女も苦労しているのだと思うと、いじらしくなって、思わず腕の中にいるおせんの体を強く抱き締めた。

「喉が渇いたな」

宗次は呟いた。

「持ってくるわ」

おせんが体を起こした。

「待ってて」

着物を羽織り、立ち上がって隣の三畳間の襖を開けた。行灯の明かりが暗い寝間に射し込んだ。

おせんは部屋を出て、階下に行った。

宗次は腹這いになって枕元の煙草盆を引き寄せた。

煙管をとり、刻みを詰め、火を点けた。

煙を吐き、宗次はおせんの亭主のことを考えた。おせんは亭主に売られたのに違いない。亭主はどんな男か。

隣からの明かりが遮られた。おせんが戻ってきたのだ。だが、なかなかそばにやってこなかった。

不審に思って、宗次は振り返った。

敷居のところで、おせんが立っていた。

「どうしたんだ？」

茫然としているおせんに声をかけた。

「いえ、なんでも」

おせんはふとんのそばにきた。

宗次は煙管の雁首を煙草盆の灰吹に叩き、半身を起こした。

おせんはどこか虚ろな目をしていた。

「どうしたんだ？」

宗次はきいた。

「背中」

おせんは呟いた。

「背中？」

宗次は背中の彫り物のことだと思った。

「この彫り物か」

「ええ、桜吹雪」

宗次の肩から背中一面に、桜吹雪の彫り物がある。紅の花びらが無数に散っている。

「これがどうかしたのか」

「亭主にも同じ彫り物が」

おせんは戸惑(とまど)いぎみに言い、

「だから、亭主を思いだして……。ごめんなさい」

「いや、そんなことはいい」

俺と同じ彫り物か、と宗次は呟いた。

「はい、お水」

「すまねえ」

宗次は器を受け取った。

水を呑みながら、俺と同じ彫り物か、と宗次はもう一度呟いた。

三

治五郎を訪ねて三日後、剣一郎は奉行所から帰ると、着替えてすぐに出かけた。

『大川屋』の幸助が五年前に旅に出たまま帰ってこないだけでなく、幸助を名乗る男が向島にいることが捨てておけなかった。

田原町の自身番に先日の家主に会いに行った。

「たびたびすまぬ。『大川屋』の亡くなった内儀(おかみ)のことをききたいのだが」

剣一郎は切り出す。

「はい」

「内儀の名は何と言うのだ?」

「おはまさんです」

「病死か」

「はい。もともと心ノ臓が悪かったようで、痩(や)せていて、いつも青白い顔をしていました。そんなおはまさんを幸助さんはずいぶんいたわっていました」

「おはまと親しく話したことはあるか」

「いえ、それほど話をしたことはありません」

「おはまと親しかった者を誰か知っているか」

「それなら、『高木屋（たかぎや）』という下駄屋の内儀のお敏（とし）さんです。葬式で、声を上げて泣いていた姿を覚えています。姉妹のように思っていたそうですから」

礼を言い、剣一郎は自身番を出た。

『高木屋』はすぐにわかった。一間（約三・六メートル）ほどの間口の小店だが、客が出入りをしていて繁盛しているようだった。

剣一郎は家族用の戸口から訪問した。出てきた女中に、内儀のお敏の名を出した。

ほどなく、内儀らしい四十過ぎの丸顔の女が現われた。

「敏でございます」

「南町の青柳剣一郎である。そなたが、『大川屋』の内儀だったおはまと親しかったと聞いてやってきたのだが」

「おはまさんは五年前に……」

「亡くなったことは聞いている。じつは知りたいのは亭主の幸助のことだ。おはまから幸助のことで何か聞いていることがあれば、教えてもらいたいのだが」

「そうですか。ここではなんですから、どうぞお上がりください」

お敏は勧めた。

「では」

剣一郎は腰から刀を外して部屋に上がった。

内庭に面した部屋に案内されて、向かい合った。

「おはまさんとは姉妹のように仲がよかったんです。もともと体が弱く、自分でも長生きは出来ないと。子どもを産むことも出来ず、幸助さんに申し訳ないと言ってました。そんなおはまさんがいじらしくて……」

「おはまと幸助は仲がよかったのか」

「ええ、とても。幸助さんもよく出来たお方でしたから。病弱なおはまさんを常にいたわって……」

お敏はにこやかになり、

「おはまさんは仕合わせだと言ってました」

「おはまに死なれ、幸助は生きる気を失ってしまったのか。せっかく繁盛させた店を畳んで旅に出るなんて」

剣一郎はやるせない気持ちできいた。

「ええ、おはまさんが亡くなったあと、幸助さんはずいぶんと落ち込んでいました。あとを追って死ぬんじゃないかと心配するくらいに」

「おはまがいなくなって店を畳み、旅に出たということだが」

「はい。諸国を旅してまわりたいと言ってました」

「いまだに帰ってこないが、幸助はどうしていると思うか」

「おそらく」

お敏は暗い顔をした。

「死んでいると思うのか」

「………」

お敏ははっとした。

「そうなのだな」

剣一郎は確かめる。

「死んでいるかどうかわかりません。でも、江戸に戻ってくることはないと思います」

「なぜだ？」

「たぶん、幸助さんは吉野山に行ったのだと思います」

「吉野山？」

絵師佐野楽泉もそう話していた。

「どうしてそう思うのだ？」

「おはまさんは桜の花が好きだったんです。吉野山は桜の名所です。山桜ですが、おはまさんは吉野山の桜を見てみたいと言っていたんです。それで、幸助さんはおはまさんの遺髪を持って吉野山に行ったんだと思います。そして、そのまま吉野山に居ついたのでは」

「おはまは桜が好きだったのか」

「はい。桜の花をちりばめた着物を好んで着ていました」

「なぜ、桜がそんなに好きなのか」

好みはひとそれぞれだが……。

「おはまさんは染井村の植木職人の娘だったそうです」

駒込にある染井村は、染井吉野が栽培された場所だ。

「桜の花が満開のときに、おはまさんは生まれたということです。それで、桜の印象が強いのだと思います。おそらく、死ぬときは桜の花が散っていくころだろうと、自分で言ってました」

「おはまは常に死を感じとっていたのか」

剣一郎は痛ましげに言う。

「はい。死期を悟っていたようです。桜の花の下で死にたいといつも言ってました。桜の花が散るとともに死んでいく。そんな自分の最期を想像していました」

「で、おはまが亡くなったのは？」

「紅葉の頃でした」

「秋か」

「はい。幸助さんはおはまさんの思いを叶えてやりたくて、吉野山に遺髪を持って入ったんだと思います」

「なるほど。それで、吉野山に住みついたと」

「はい。幸助さんは江戸に身内もいませんし……。ただ、帰るつもりだったけど、何かの事情で帰れなくなったのかもしれませんが」

「それほどおはまをいとおしく思っていたのなら、墓を守っていこうとするのではないか。おはまの墓はどこだ？」

「染井村です。養光寺というおはまさんの実家の菩提寺に」

「そうか。ところで、幸助の知り合いで、鶴のように細い体で、髪は薄く、額が広くて、顎に大きな黒子がある、歳は五十ぐらいの男を知らないか」

「いえ」

　お敏は首を横に振った。

「幸助がおはまと所帯を持ったのはいつごろだ？」

「二十年前です」

「すると、幸助の歳は……」

「三十、おはまさんは二十三です」

「ふたりはどこで出会ったのだろうな」

「幸助さんは振り売りをしていて、季節ごとに違う品物を売り歩いていたようです。夏は冷水や心太、冬は焼き芋など。おはまさんは今戸にある料理屋で女中をしていたそうです。そこの料理屋の女中さんたちが、幸助さんからよく焼き芋を買っていたらしいんです」

「なるほど。それで知り合ったのか」

「ふたりは幸助さんが住んでいた橋場の長屋で暮らしはじめ、その後、十四年前田原町に店を持つようになったということです」

「いろいろ教えてもらって参考になった。礼を言う」

剣一郎は言う。

「幸助さんの身に何か」

「いや。旅に出たまま行方がわからないと耳にして、事情だけでもきいておこうと思っただけだ」

「そうですか」

「邪魔をした」

剣一郎が腰を上げようとしたとき、あっと小さくお敏は叫んだ。

「何か」

剣一郎は再び腰を下ろした。

「すみません。ちょっと思いだしたことがあって」

「何か」

「去年のおはまさんの祥月命日に、養光寺におはまさんのお墓参りに行ったんです。そしたら、お花が手向(たむ)けられていました。誰かがお墓参りに」

「…………」

「おはまさんの実家のひとかとも思ったんですけど」

「ひょっとしたら幸助ではないかと？」

「根拠はありません」

「もし、幸助が江戸に戻っていたとしたら、そなたのところに顔を出すか」

「さあ、どうでしょうか。顔は出さないかもしれません」

「そうか」

剣一郎は改めて腰を上げた。

その夜、剣一郎は夕餉（ゆうげ）のあとに居間で、『大川屋』の幸助のことを考えていた。

幸助は吉野山に行ったのではないかという楽泉やお敏の推測が正しいような気がしているが、真相はわからない。

ただ、向島に現われた幸助は偽者だ。同名というわけではない。『大川屋』の幸助を名乗っているのだ。

向島の幸助に事情をきくにはまだこちらの調べが足りない。治五郎にも何かを隠しているのだ。こちらがきいて適当な言い訳をされても、さらに問いただす材料が乏しい。

向島の幸助には不審な遊び人ふうの男が近づいているようだ。この男について調べる必要がある。

向島の幸助に会いにいくのは、遊び人ふうの男を探り出してからだ。

妻女の多恵(たえ)がやってきた。

「太助(たすけ)さん、きょうは来るかしら」

「自分の商売が忙しいのだろう」

太助はここ三日ほど、顔を出していなかった。

太助は猫の蚤(のみ)取りといなくなった猫を捜すことを商売にしている。特に、猫捜しに特別な才があるようで、太助は必ず捜し出している。猫の気持ちがわかるらしい。

縁あって、いつしか剣一郎の手足となって働くようになっていた。頻繁(ひんぱん)に八丁堀の屋敷にも顔を出すようになり、多恵も明るい太助を気にいっている。今では太助は家族の一員のようになっていた。

「また、あとで様子を見にきます」

溜め息をついて、多恵は部屋を出て行った。

ふと、庭先にひとの気配がした。

「太助か」

障子越しに、剣一郎は呼びかけた。

「へい」

太助の声がする。

「なにをしておる。早く、上がってこい」

「へい」

障子を開けて、太助が入ってきた。

「どうした、なんだか浮かぬ顔だが」

目の前に座った太助を心配そうに見た。

「捜すように頼まれた猫をやっと見つけ出したんですけど、すっかり衰弱していて」

「餌（えさ）を食べていなかったのか」

「ええ。空き家に入り込んだはいいけど、誰かが出口を塞（ふさ）いでしまったんです。わざとか、猫に気づかなかったのかわかりませんが、猫は十日間も飲まず食わずで……」

太助は痛ましげに言う。

「わざとだとしたら、ひどいことをする者がいるな。しかし、よく見つけたではないか」

「これまでなら、目をつけた場所に好物を置いておくと、猫が必ず寄ってきたんです。今回はいっこうに現われない。それでどこかで飼われて放してもらえないのか、あるいはどこかの穴に落ちて這い出せないのか。それで最後に空き家に目をつけて、片っ端から捜して」

「しかし、助け出せてよかったではないか」

剣一郎は安堵して言う。

「はい。ただ、わざと猫を閉じ込めた者がいたかもしれないと考えると、怒りが抑えきれなくて」

「まあ、無事に見つけ出せたことを素直に喜ぼうではないか」

「はい」

「ところで、そなたに頼みがあるのだ」

剣一郎は口調を改めた。

「はい、なんなりと」

太助は目を輝かせた。

剣一郎の手助けを出来ることがうれしいのだ。

太助は幼くして親を亡くし、ひとりでたくましく生きてきた。そんな気丈な太助も、ときには母が恋しくなり、悲嘆にくれることもあった。そんなときに、剣一郎に励まされたことがあり、そのことを恩義に思っているのだ。

多恵がやってきた。

「太助さん、やっと来てくれたのね」

多恵は顔を綻ばせて言う。

「すみません。猫捜しに手間取って」

太助が簡単に説明した。

「そう。でも見つかってよかったわ」

多恵もほっとしたように言ってから、

「夕餉はまだでしょう？」

「ええ」

「じゃあ、食べていらっしゃい」

「今、お仕事の……」

「太助、さきに食べてこい。腹の虫が鳴いているぞ」

「えっ」

太助はあわてて腹を押さえた。

「さあ、行ってこい」

「じゃあ」

太助は腰を上げて、多恵といっしょに居間を出て行った。

ひとりになって、剣一郎は改めて向島の幸助に思いを馳(は)せた。

四

佐賀町(さがちょう)の武家屋敷近くにある、あまり陽(ひ)の射さない長屋の部屋で、戸を叩く音に宗次は顔を向けた。

戸が開いて、木場(きば)の音松(おとまつ)が土間に入ってきた。二十八歳の体の大きな男だ。

「兄い」

「どうした？　何かあったのか」

「昼間、蝮の伝蔵がやってきた」

音松は部屋に上がり込んで言う。

「そうか」

宗次は眉根を寄せた。

宗次も以前、木場で働いていて、音松と同じ川並鳶で筏師だった。丸太を筏に組んで木場まで運んでくる。桜吹雪の宗次と呼ばれ、一目置かれる存在だった。

「宗次が江戸に戻っているのではないかときかれた。だから、知らないと答えたが、俺の言うことを信じていないようだ」

音松は身を乗り出し、

「伝蔵に見つかったのか」

と、きいた。

「柳橋で、見られてしまった。半信半疑だったようで、あとをつけられた」

「それで、俺のところに確かめにきたのか」

「三年前のことなのにしつこい男だ」

宗次は顔をしかめた。

音松も厳しい顔になった。

「じつは伝蔵といっしょにやくざ者がいた」

「やくざ者？」

「それも、五人だ。みな、長脇差を腰に差していた。草鞋履きだったから、江戸の者じゃねえ」

「ちくしょう、江戸まで追ってきやがったか」

宗次は吐き捨てた。

「どういうことだ？」

「八田の久作の手の者だ」

「八田の久作？」

「上州の博徒だ」

「兄い、これからどうするんだ？」

と、心配そうにきく。

「もう江戸を離れる気はねえ」

宗次は言ってから、

「音松、手を貸してもらいてえことがある」

と、鋭い目を向けた。

「なんでえ、なんでも言ってくれ」

音松は真剣な眼差しで言う。

「そんときがきたら言う」

「なんでえ。あとまわしか」

「俺もまだ考えがまとまってねえんだ」

「わかった。俺に出来ることはなんでもするぜ」

「うむ」

「じゃあ、俺はこれで」

音松は立ち上がった。

「すまなかったな」

宗次も腰を上げ、土間に下りた。戸を開けて、左右を見る。誰もいない。

「いいぜ」

「じゃあ」

音松は外に出て、木戸のほうに向かった。

部屋に戻り、宗次は煙管を取り出し、煙草盆を引き寄せた。

宗次は一夜を過ごしたおせんの亭主のことに思いを馳せた。亭主はおせんにとっては疫病神だ。いないほうがいいのだ。おせんのためにも……。

煙管の雁首を灰吹に叩き、宗次は立ち上がった。

五つ（午後八時）をまわっていた。仙台堀、小名木川を越え、御船蔵に沿って、宗次は一つ目弁天のほうに向かった。

弁天の前にある『弁天家』の提灯の明かりの横に、白粉を塗りたくったおせんが立っていた。

宗次の姿を見て、おせんは目を見開いていた。

「どうしたんだ、そんな顔して」

宗次が声をかける。

「来てくれたのね」

「うむ」

おせんは宗次の腕をとって土間に引き入れた。

二階の部屋に入ると、おせんは宗次の顔を見つめ、

「ほんとうに来てくれるとは思ってもいなかったわ」

おせんは信じられないというような顔をした。

「今夜も泊まってくれるの」

「ああ、そうだ」

「うれしい」

おせんは宗次の胸に顔をうずめた。

「酒をもらおう」

宗次はおせんに言う。

「今、持ってくるわね」

おせんは嬉々として階下に行った。

宗次は窓辺に立った。障子を開けて、外を見る。暗い道にひと影はない。

おせんが戻ってきたので、宗次は窓から離れた。

宗次はあぐらをかいて座り、おせんの酌で呑みはじめた。

「おめえは亭主持ちだったな」

宗次は猪口を置いて言った。

「いきなり、なにさ」

おせんは細い眉を寄せた。

「おめえをこんなところに追いやった亭主ってのが、どんな男か気になってな」

「亭主だなんて思っちゃいないわ」

おせんは吐き捨てる。

「でも、好きでいっしょになったんだろう」

宗次はきいた。

「いいじゃないの、亭主のことなんて」

「聞かせてくれ。おめえをどんなふうにいじめたのか知りたい」

「………」

「いやか」

「そうじゃないけど」

「亭主の名は？」

「十蔵」

「十蔵か、いくつだ」

「三十三よ」

「俺より三つ上か」

「そうなの」

「何をしていたんだ？」

「もともとは小石川のほうで鳶をしていたの。でも、二年前に強風に煽られて屋根から落ちて足を怪我して……」

「それで鳶を辞めたのか」

「ええ」

「所帯を持ったのはいつなんだ？」

「四年前」

「所帯を持って二年後に鳶を辞めたんだな。で、辞めたあとは何を？」

「なにもしていなかったわ」

「なにも？　じゃあ、生計は？」

「私が料理屋で働いて」

「おめえが亭主を養っていたようなもんじゃねえか」

宗次は亭主への怒りを滲ませた。

「ええ」

おせんは俯き、

「もともと亭主は呑む、打つ、買うのふしだらな男。特に酒と博打ね。屋根から落ちたのも風のせいじゃなくて、きっと二日酔いのせいだわ」

と、貶むように言う。

「なぜ、そんな男と所帯を持ったんだ？」

「そうね。今から思うと、どうしてあんな男と。出会ったときは、私の稼ぎをふんだくって賭場に行くような男には見えなかったわ。それに、乱暴者。宗次さんは？」

「俺は乱暴者じゃねえ」

「酒と博打よ」

おせんがきく。

「ぼちぼちだ」

「そう」

「亭主は博打で借金をこしらえたのだな」

宗次は、おせんが女郎になった経緯を想像してきく。

「ええ」

おせんは顔をしかめる。

「おめえはなぜ、別れなかったんだ」

「一度、逃げたことはあったわ。でも、捜し出されて、さんざん殴られて。無理なのよ。どこまでも追いかけてきて」

「今はもう縁が切れたのだろう？」

「いいえ」

「なに？」

「ときたまここにやってきて、金をせびっていくわ」

おせんは沈んだ声で言う。

「おめえに金などねえだろう」

「前借りさせて」

「おめえの借金が膨れ上がるだけじゃねえか」

「ええ」

おせんは諦めたように、

「どうしようもないもの」

と、呟いた。

「よし、わかった。俺が亭主に話をつけてやる」

宗次は口にした。

「話？」

「そうだ。もう二度と、おせんに関わるなとな」

「無駄よ。あの男が素直に言うことをきくはずないわ」

「いや、俺に任せろ」

「でも、どうしてそこまで？」

「おめえのような女を苦界（くがい）に沈めた野郎が許せねえんだ」

宗次は気負い立った。

「うれしいわ。その気持ちだけで十分。だけど、やめて」

「なぜだ？　ほんとうはまだ亭主に惚（ほ）れているからか」

「違うわ」

おせんは首を横に振る。

「亭主には悪い仲間がいるのよ。宗次さんの身が心配なの。宗次さんの目論見（もくろみ）が失敗したら、あとでもっとひどい仕打ちが待っている」

「だいじょうぶだ。俺もばかじゃねえ」

宗次は笑みを浮かべ、

「亭主はどこに住んでいるんだ？」

と、きいた。

「でも」

おせんは渋っていた。

「おめえとのことは言わずに亭主に近づく。どんな暮らしをしているのか、まずは探るだけだ。だから、教えてくれ」

宗次は説き伏せるように、

「このままじゃよくねえ。さあ、勇気を出して、俺に賭けてみろ」

と、おせんの肩に手をかけて言った。

「わかったわ」

おせんはようやく頷き、

「本郷菊坂町の与兵衛店にいるわ。一番奥の家」

と、教えた。

「そこでおめえと住んでいたんだな」

「ええ」

「亭主の顔の特徴は？」

「四角い鰓の張った顔で、眉毛が濃くて短いの。目尻がつり上がっているから、ちょっと怖い感じ。背格好は宗次さんに似ているわ」

「わかった。心配するな。俺に任せておけ」

宗次は胸を叩いたが、微かに胸が疼いた。ほんとうの狙いを話すわけにはいかず、後ろめたさに襲われた。

それから、隣の部屋のふとんに入った。おせんの喘ぎ声を聞きながら、宗次は冷めた気持ちで、亭主の十蔵のことに思いを馳せていた。

翌日の早暁、おせんに見送られて、宗次は『弁天家』を出た。

住まいのある佐賀町と反対方向に歩きだす。途中で振り返ると、おせんはまだ立っていた。軽く手を上げ、宗次は一ノ橋に向かう。

朝霞で遠くまで見通せない。だが、朝早くからひとびとは動き出している。

一ノ橋を渡り、両国橋に差しかかった。野菜を積んだ大八車が朝靄の両国橋を何台も渡って行く。葛西の百姓が両国の広小路で開かれる青物の朝市に向かうのだ。

橋を渡り切ると、朝市の支度が進められているのが見えた。

宗次はその脇を過ぎ、柳原通りに入った。ひとすれ違うときは、顔を俯けた。岡っ引きらしい男が目に入れば、不自然にならないように足の向きを変える。

おせんの亭主の十蔵に興味を持ったのは、桜吹雪の彫り物があるからだ。しかし、実際にこの目で確かめないと、どこまで自分の背中の桜吹雪とそっくりなのかわからない。

八辻ヶ原を突っ切って、昌平橋を渡り、湯島聖堂の前を過ぎ、そのまま本郷通りを急いだ。

それから四半刻（三十分）後に、本郷菊坂町の与兵衛店に着いた。

木戸を入ると、路地には納豆売りがきていて、長屋のかみさんたちが集まっていた。宗次はその横をすり抜けて奥に向かう。

一番奥の家に行くと、腰高障子には鉋の絵が描かれていた。宗次は向かいの戸を見た。障子に貼られた千社札には益吉と書かれていた。

おせんは一番奥の家だと言った。ここは与兵衛店ではないのか。

戸惑っていると、目の前の戸が開いて、中年のかみさんが顔を出した。驚いたような目で、宗次を見ていた。

「すまねえ、ここに十蔵さんがいると聞いてきたんですが」

宗次はあわてて言う。

「十蔵さん？　前に住んでいたひとかしら」

「前に？」

「私たちは半年前にここに来たので」

そこに納豆を手に、三十半ばぐらいの職人体の男がやってきた。益吉と書かれた千社札が貼ってある家に向かった。

「益吉さん」

かみさんが声をかけた。

「おう、なんでえ」

益吉と呼ばれた男が振り返った。

「このひと、十蔵さんというひとを訪ねてきたんですって」

「十蔵ならもうここにはいないぜ」

「引っ越したのですか」

宗次は確かめる。

「そう、一年近く前だ」

「確か、おせんというおかみさんと暮らしていたかと」

「とんでもない亭主だ。おせんさんを借金の形(かた)に岡場所に売り飛ばしやがって」

益吉は憤慨したあと、

「おまえさんは十蔵の仲間か」

と、あわててきいた。

「いや。会ったこともありません。ただ、ちょっと十蔵さんにききたいことがあって訪ねてきたのですが……。そうですか、引っ越していましたか」

宗次は落胆し、

「どこに引っ越したかわかりませんよね」

「一度、浜町堀で会ったことがある。半年前だ」

「浜町堀？」

「商売であの辺りをまわっていたとき、偶然見かけたんだ。向こうも気づいて声をかけてきた」

益吉の商売は雪駄直しで、浜町堀の周辺の町を歩き回っていて、十蔵とばったり会ったのだと言う。

「どこにいるんだってきいたら、この近くだと言っていた」

「場所は言っていなかったんですね」

「高砂町の方からやってきた。高砂町のどこかにねぐらがあるんじゃないかな」

「高砂町ですか」

宗次は呟いてから、

「十蔵さんの背中に彫り物はありますか」

と、きいた。

「ああ、桜吹雪の彫り物があった」

「わかりました」

宗次は礼を言い、長屋を引き上げた。

半刻（一時間）後、宗次は浜町堀に面した高砂町にやってきた。

やみくもに歩いても、十蔵が見つかるわけではない。宗次は長屋を順番に捜すことにし、最初にあった長屋木戸を入り、路地にいた住人に、

「十蔵というひとを捜しているんですが、ここに住んでいませんか」

と、きいた。

「そんなひとはいませんよ」

「そうですか」

次々と長屋をきいてまわったが、どこにも十蔵はいなかった。だが、最後のつもりできいた長屋の住人が、

「この先にお秀って女が住んでいる。その家に入り込んだ男がたしか十蔵って名前だ」

と、教えてくれた。

お秀は旦那持ちだったが、その旦那が亡くなってひとりで暮らしていた。ところが半年前から十蔵がいっしょに住みはじめたという。

その十蔵の特徴はおせんの話と同じだった。宗次はさっそく、お秀の家に行った。

こぢんまりとした格子造りの家だ。宗次は素通りし、途中で引き返す。

少し離れた場所から、お秀の家を見た。

三年前の春、宗次は音松ら川並仲間と向島に花見に出かけた。

水戸家下屋敷の先から木母寺の手前までの墨堤に延々と桜が咲いている。上野寛永寺や飛鳥山と並ぶ桜の名所だった。

向島は上野寛永寺と違い、歌舞音曲、酒も許されており、大勢が花の下に茣蓙を敷いて酒宴を開いていた。

宗次たちも茣蓙を敷いて酒を呑みはじめた。隣は音曲の師匠と弟子の集まりなのか、三味線と唄声が聞こえ、踊りを踊っている一団もいた。

そうかと思えば、厚く白粉を塗りたくって女に化けた髭面の男が卑猥な唄を唄いながら踊り、それを見て仲間たちがやんやの喝采を送っていた。

そんな賑やかな中に、女の悲鳴が聞こえた。

「やっ、なんだ」

音松が立ち上がって、悲鳴がするほうに顔を向けた。

三人の侍が家族や奉公人らしき者たちが楽しんでいるところに行き、何か喚いていた。酔っぱらった侍が女の手をつかんでいる。

「ひでえことをしやがる」

音松は大声で言った。

見捨てておけねえと、音松は侍たちのそばに行き、

「お侍さま。娘さんがいやがっています。勘弁してやってくださいな」

「なんだ、きさま。引っ込んでいろ」

「他にも花見客がたくさんおります。どうか、穏便に」

「わかった。そうしよう。では、おまえがその女に我らのところに来て、酌をするように言うんだ」

「ご無体な」

「我らを誰だと思っているのだ。本所の狼だ」

本所の狼と聞いて、宗次は立ち上がった。

本所の南割下水に住む小普請組の侍たちだ。いきなり、斬りつけてくるような狂気じみた目をしていた。

「お侍さん。直参が町の者たちに威張りくさっているなんて、みっともいいもんじゃありませんぜ。どうか、お引き取りを」

音松がさらに言う。

「きさま、愚弄する気か、許せぬ」

侍のひとりが刀を抜き、いきなり音松に斬りかかった。あっ、と音松は叫んだ。

「やめろ」

間一髪で、宗次は侍に体当たりをした。侍は横に吹っ飛んだ。

「我らに歯向かうのか」

他の侍も刀を抜いた。

「お侍さん。本所の狼かなんか知りませんが、すぐ刀を抜くなんぞ、臆病者のやることだ。そんな脅(おど)しに震える者ばかりじゃありませんぜ」

　宗次は激しく罵(ののし)った。

　侍三人が宗次に迫った。

「やるのか」

　宗次は諸肌(もろはだ)を脱いだ。背中の桜吹雪が陽光を受けて輝いた。見物人が一斉に感嘆の声を上げた。

　さらに見物人が沸いたのが、宗次がひとりで三人の侍を叩きのめしたときだった。まるで、花見の余興となったのか、宗次は喝采を浴びた。

　その三日後、同心と岡っ引きが木場にやってきた。相手に怪我を負わせたとして宗次を捕まえにきたのだ。

「ごろつき侍たちが花見に来ていた町娘にちょっかいをかけていたのを止めに入ったら、向こうが刀を抜いて向かってきたんだ」

　宗次はむきになって訴えた。

「おまえが娘に無体な真似をし、止めに入った侍に乱暴を働いたのだ」

　宗次は耳を疑った。

話が逆になっていた。宗次が娘にちょっかいをかけ、それをごろつき侍たちが止めに入ったのだと。

吟味で、宗次の言い分は通らなかった。証人として出てきた見物人は偽者だった。音松の言い分も聞き入れられなかった。

お裁きは江戸十里四方御構だった。宗次は江戸を離れることになったのだ。

はっ、と宗次は現実に戻った。お秀の家から男が出てきた。

四角い鰓の張った顔で、眉毛は濃くて短い。目尻がつり上がっている。おせんが言う十蔵の特徴にそっくりだった。

十蔵に間違いない。宗次は十蔵のあとをつけた。

小伝馬町を経て神田須田町から八辻ヶ原を突っ切り、筋違御門を抜け、御成道を行く。十蔵は一度も振り返ることはなかった。ただひたすら歩いていった。目的のある歩き方だった。

下谷広小路を過ぎて池之端仲町に入った。そして、薪炭問屋の『上総屋』の前で立ちどまった。

しばらく『上総屋』の前にいると、店先から番頭らしい男が出てきた。その男は十蔵に目を向けた。

十蔵はふいにその場を離れ、不忍池のほうに向かった。宗次は、池に沿って歩く十蔵のあとをつけた。池の周りには料理屋や出合茶屋が並んでいる。料理屋に入るのかと思ったが、十蔵は手前で立ちどまった。そのまま、池の辺に佇んだ。宗次は誰かと会うのではないかと思った。

はっとして、宗次はあわててそのまま先に進んだ。そして、途中で振り返った。すると、『上総屋』の番頭らしき男がやってきた。

ふたりは何か企んでいるのだろうか。宗次は顔を近付けて話し合っているふたりを、不可解な思いで見ていた。

五

その日の昼前、剣一郎は年番方与力の宇野清左衛門に呼ばれて、さっそく赴いた。

「宇野さま。お呼びで」

と、文机に向かっていた清左衛門に声をかけた。

清左衛門は机の上の帳面を閉じて、威厳に満ちた顔を向けた。清左衛門は金銭面も含めて奉行所全般を取り仕切っている、奉行所一番の実力者である。

「これへ」

剣一郎は近寄った。

「さしたる用ではないのだ。ただ、青柳どのにも知らせておこうと思ってな」

清左衛門は厳めしい顔で言う。

「十五年前、江戸を荒らし回った盗賊一味を覚えているか」

「火盗改と南町で隠れ家を急襲し、一味のほとんどを捕縛したのでしたね」

「そう。おかしらの半五郎以下、子分をすべて捕まえたのだが、唯一、藤蔵という兄貴分の男だけを逃してしまった」

「そうでした」

剣一郎も覚えている。

「その後、藤蔵の行方は杳としてわからず仕舞いだった。ところが、先日、火盗改が捕まえた押込みのおかしらの名が藤蔵だったそうだ。歳も五十歳ぐらいで合っている。そこで、拷問して問いただしたところ、半五郎の右腕だったことを認めたという」

「そうでしたか」

「だが、藤蔵は拷問のあとで具合が悪くなり、そのまま死んだそうだ」

「死んだ？」

「うむ」

「過酷な拷問が行われたのでしょうね」

「そうだろう」

「確か当時、隠れ家には金はあまりなかったということでしたが」

「藤蔵が金を持って逃げ延びたのだろう」

「そうですね」

「これで十五年前の押込みについては、すべて片がついたことになる」

清左衛門はほっとしたように言う。

おかしらの半五郎は獄門、子分たちも死罪や遠島になっていた。ひとり逃れていた藤蔵が死んで、半五郎一味は全滅したことになる。

剣一郎は与力部屋に下がったが、どこか胸がつかえたようにすっきりしないものが残った。

藤蔵は十五年前に火盗改と南町の急襲を逃れて隠れ家から姿を消した。その際、一味の金を持ち去った。

もちろん、火盗改も藤蔵を捜したが、見つからなかった。江戸を離れていたのではないか。この十数年、藤蔵らしき盗人の噂はきかなかった。

ところが、数年前から藤蔵は仲間を集め、盗みを働きだしたという。

十数年間、藤蔵はじっとしていたのか。それとも、江戸から離れた場所で、盗みを働き、数年前から江戸に活動の拠点を移したのか。

昼過ぎ、剣一郎は途中で太助と待ち合わせて向島に行った。

三囲神社から長命寺の前を通る。

「桜の樹が芽ぶくにはまだ少し早いようですね」

太助が桜の枝を見上げて言う。

「だが、じきだ」

白鬚神社の手前を折れると、田畑が広がり、所々に樹の繁った場所があり、はるけく筑波の山が望める。やがて、松の名所に出る。

松の樹林を眺めながら、新梅屋敷の前に差しかかった。

佐原鞠塢が文化元年（一八〇四）に野趣に富むこの地に土地を買い求め、親しい文化人たちの扶けを借りて、三六〇本の梅の樹を植えて庭園を開いた。

その後も春秋の草花を植えていった。臥竜梅で有名な亀戸の梅屋敷に対して、新梅屋敷と呼ばれた。文人墨客などが集い、月見や蛍見物、虫の音を聞く催しも開き、四季折々に楽しんでいた。

ふと、前方から歩いてくる男が目に入った。背が高く、馬面で顎がしゃくれた男だ。

「太助。こっちに」

剣一郎はさりげなく新梅屋敷の門のほうに足を向けた。

背後を、馬面の男が通りすぎていく。真下治五郎が言っていた、不審な男だ。

「太助、あの男のあとをつけてくれ」

「わかりました。では」

太助は土手に向かった男のあとを追った。

それを見届けてから、剣一郎は幸助を名乗る男の家に向かった。新梅屋敷から少し離れたところに、藁葺き屋根のこぢんまりした家があった。

その周辺に家はないので間違いないと思い、剣一郎はその家に向かった。

戸口に立って、戸を開けて声をかけた。すると、奥の部屋から、治五郎の家で会った五十年配の男が現われた。鶴のように細い体で、髪は薄く、額は広い。そして、顎に大きな黒子がある。

「幸助どの。長命寺まできたので、ちょっと寄ってみました」

剣一郎はあえて幸助と呼び、言い訳を口にした。

「これは青柳さま」

幸助は相好を崩し、

「さあ、どうぞ、お上がりください」

と、勧めた。

「では、失礼して」

剣一郎は腰の刀をとって板敷きの間に上がった。そこに囲炉裏(いろり)が切ってあった。

囲炉裏の五徳の上には鉄瓶(てつびん)が置いてあって、湯気が出ていた。

「こちらのほうが気持ちよいかと」

幸助は縁側のある部屋に案内した。

開け放たれた障子から春の陽光と風がはいってきた。新梅屋敷の庭園の梅の花が望めた。うららかで、剣一郎は思わず笑みがもれた。

「気持ちがよいですな」

「天気のよい日ばかりとは限りませんが、私はここが気に入っています」

幸助は茶をいれて持ってきた。

「さあ、どうぞ」

湯呑みが剣一郎の膝前に置かれた。

「いただきます」

茶のいい香りを感じながら口に含む。甘みと渋みが絶妙だった。

「おいしい。宇治茶ですかな」

剣一郎は呟くように言う。

「はい。さようで」

幸助も湯呑みを口に運んだ。

「これから真下さまのところにお寄りになるのですか」

幸助が湯呑みを置いてきいた。

「いえ、きょうは伺いません」

「そうですか」

「失礼ですが、ここでひとりでお暮らしですか」

「ええ、そうです。ここを終の住処と考えています」

「桜の花ですね」

「ええ、満開の桜の花の下で死んでいけたら、この上ない仕合わせです」

「満開の桜ですか」

本物の幸助は花びらが散る下で死ぬことを望んでいたという。

「商売をやっていたころのお知り合いは、幸助どのがここにお住まいなのをご存じなのですか」

「いえ、教えていません。ひとり静かに死んでいく。それだけです」

「世捨て人のようですね」

「今までのしがらみをすべて断ち切りました。今のお付き合いはここに引っ越してきてから出会ったひとたちとだけで……」

例の遊び人ふうの男のことをきこうとしたが、思い止まった。今は警戒させないようにしなければならない。

「では、そろそろ」

茶を飲み終え、

と、剣一郎は言う。

「えっ、もうお帰りで？」

幸助は驚いたような顔をした。

「桜の時期に寄せていただくかもしれません」

「ええ、どうぞ。お待ちしています」

幸助は如才(じょさい)なく言う。

剣一郎は立ち上がり、土間に行った。

「では、また」

剣一郎は挨拶をし、幸助の家を出た。

その夜、八丁堀の屋敷に太助がやってきた。

「どうだったか」

「ずっと尾行していました」

「気づかれなかったか」

「はい。あの男は久米吉(くめきち)というそうです」

「もう名前までわかったのか」

剣一郎は驚いて言う。

「ええ、最後は北森下(きたもりした)の長屋に入っていきました。長屋の住人にさりげなくきいたら、久米吉だとわかりました」

太助は言い、

「久米吉は香具師だそうです」

「香具師？」

香具師は縁日や盛り場などで、巧みな口上で客を集めて商売をする。

「ええ。でも、最近はあまり香具師の商売をしていないと」

「それで暮らしは立ち行くのか」

剣一郎は、首を傾げた。

「それが、暮らしに困っている様子はないそうです」

「そうか」

剣一郎は向島の幸助に思いを馳せた。

まさか、久米吉は幸助の弱みを握っていて強請りを働いていたのではないか。

しかし、幸助は金を持っているのか。そうは見えないが……。

「向島を出て長屋に帰るまで、久米吉はどこで何をしていたのだ？」

剣一郎はきいた。

「久米吉は向島から大川沿いを下流に向かい、両国橋を渡って、小伝馬町三丁目にある『松島屋（まつしまや）』という古着屋に入っていきました」

「古着屋？　なぜ、古着屋なのか」

「でも、すぐ出てきました。客ではないようです」

「客ではないのに、なぜ店に入ったのか。誰かに会うためか」

「しかし、『松島屋』の者があんな遊び人ふうの男と会うでしょうか」

太助が疑問を口にした。

「店の中に入って何をしたのか。誰かと会うためだとしたら、誰だったのか」

剣一郎は思案げに顎に手をやり、

「誰に会ったか知りたい。明日、『松島屋』に案内してもらおうか」

「わかりました」

そこに、太助を呼びに、多恵がやってきた。

太助が夕餉をとりに行ったあと、剣一郎は濡縁に出た。

偽の幸助と久米吉。このふたりに何があるのか。また、『松島屋』とどう絡（から）んでいるのか。庭の梅の白い花を見ながら、剣一郎は考えていた。

第二章　男の狙い

一

翌日の昼前、宗次は高砂町に来ていた。木場の音松もいっしょだ。少し離れたところにある荒物屋の脇から後家のお秀の家を見ている。

十蔵に近づく機会を待ったが、なかなか得られなかった。

格子戸が開いた。年増が出てきた。お秀に違いない。お秀は風呂敷包みを抱えて去って行った。宗次は荒物屋の脇に身を隠した。

家に十蔵はいるのか。しかし、それから四半刻（三十分）経ったが、戸が開く気配はなかった。

「もう出かけたか」

宗次は舌打ちした。

「出直すか」

諦めて引き上げかけたとき、

「兄い」

と、音松が小さく叫ぶように言った。

宗次はお秀の家に目を向けた。格子戸が開き、四角い鰓の張った顔の男が出てきた。

「あれが十蔵だ」

音松は見つめる。

十蔵は浜町堀のほうにゆっくりと歩いていった。

「顔を覚えた」

音松が言う。

「よし」

「で、あの男をどうするんだ?」

音松がきいた。

「今夜、俺のところに来てくれ。そのとき、話す」

迂闊には言えなかった。

「わかった。じゃあ、俺はいったん木場に戻る」

「すまなかった。俺は十蔵のあとをつける」

宗次は着物の裾をつまんで十蔵のあとを追った。

浜町堀に出ると、堀に沿って北に向かった。十蔵は小伝馬町三丁目の通りに出て、その町筋を行く。歩く速度がゆっくりになった。目的の場所がこの辺りにあるような歩き方に思えた。

宗次もゆっくりあとをつけたが、途中ではっとした。

二丁目のほうから長脇差を腰に差した男たちが歩いてきた。五人だ。宗次はあわてて引き返した。音松が、岡っ引きの伝蔵と一緒に宗次を捜していたと言っていた連中だ。

宗次は急いで来た道を戻った。真ん中にいる大柄な男は上州の博徒八田の久作の子分で、丹造という男だ。その他にも知った顔がふたりいた。

宗次は浜町堀に戻り、新大橋を渡って深川に入り、佐賀町の長屋に帰ってきた。

宗次は瓶から水を汲み、杓のまま呑んだ。

江戸まで追ってきたのは親分の仇を討つためだろう。岡っ引きの伝蔵がこの連中とともに音松を訪ねたわけは明白だ。伝蔵は宗次を丹造に引き渡すつもりなのだと身震いした。

向島での花見の一件で、宗次はでたらめな吟味によって江戸十里四方御構になった。江戸を離れなければならなくなって、宗次は中山道を上州に向かったのだ。三年前のことだった。

宗次は上州の倉賀野宿の博徒伊勢蔵の世話になった。面識があったわけではなく、たまたま出会った男が伊勢蔵の子分だった。そこに草鞋を脱ぎ、宗次の新しい暮らしがはじまったのだ。

三年近く経って、宗次は一端の博徒になっていた。その間、賭場荒らしや祭りでの縄張り争いなどで、何度も相手と刃でやり合ってきた。

そして三月前、伊勢蔵の命令で八田の久作の賭場を襲った。久作は堅気の衆を脅して金品を奪ったり、娘を手込めにしたりと、かなりあくどいことをしている。伊勢蔵の命令に逆らえないこともあったが、久作を許せないという思いが強かった。久作を殺し、そのまま草鞋を履いたのだ。

それを機に江戸に戻った。

旅装のまま古巣の木場に行き、材木問屋に住み込んでいる音松を材木置場まで呼び出した。

音松が、菅笠をかぶって立っている宗次のところまでやってきた。

「俺に用があるっていうのはおまえさんかえ」

音松が声をかける。

宗次は顔を向けて笠をとった。

「音松、久しぶりだな」

「兄いじゃねえか」

音松は目を見張った。

「兄い、江戸に来ていたのか」

音松は辺りを見回してきいた。

江戸十里四方御構でも、旅の途中なら江戸に入ることは許されている。が、あくまで通過だけだ。

「上州から逃げてきた」

「逃げてきた？　どういうことなんだ？」

「話せば長くなるが、博徒の親分を殺ってしまったのだ」

「なんだって」

「ひと月でいいんだが、どこか隠れ家を探してもらいたい。江戸の空気を味わってからどこかに行くつもりだ」

上州にいるとき、いつも江戸を懐かしんでいたと、宗次は言った。

「わかった。今夜、どこかで過ごしてくれ。今日中に部屋を見つけておく」

「すまねえ。今夜はどこぞの屋敷の中間部屋にもぐり込む」

「じゃあ、明日の暮六つ（午後六時）、霊巌寺の境内にいてくれ」

「わかった」

宗次はその夜は下谷の三味線堀近くにある大名屋敷の中間部屋にもぐり込んだ。金を出せば、事情をきかずに一晩なら泊めてくれる。

そして、翌日の暮六つに霊巌寺に行き、すでに来ていた音松が佐賀町の武家屋敷近くにある長屋に案内してくれた。

「ここはあっしの知り合いが借りていた部屋だ。事情があってふた月、三月留守をしている。ここを使ってくれ」

「すまなかったな」

宗次は音松に礼を言った。

ひと月の約束で使うことになった部屋だが、宗次の気持ちに変化があった。ひと月だけ江戸の空気を吸ってから江戸を離れ、西のほうに行くつもりだった。だが、十蔵を知って、江戸に居続けられる手立てが見つかったのだ。

「兄い」

戸の向こうで音松の声がした。

「入ってくれ」

音松が戸を開けて入ってきた。

部屋に上がり、宗次と差し向かいになった。

「十蔵のことだけど、どうするんでえ」

音松は昼間、顔を確かめた十蔵のことをきいた。

「俺はひと月経ったら江戸を離れようと思っていた。だが、上州から八田の久作の子分たちが江戸にやってきたのを知って、考えを変えたんだ」

「………」

「あの連中の目があっては外も出歩けない。江戸を離れたとしても、あの連中はどこまでも追ってくるだろう。親分の仇を討たない限り、博徒連中に大きな顔が出来ないだろうからな」

「で、どうするんだ？」

「奴らの追跡から逃れるには死ぬしかないんだ」

「兄い、ばかなことを言わないでくれ」

「待て、あわてるな」

宗次は口元を歪(ゆが)め、

「死ぬのは俺じゃねえ」

「えっ？」

「十蔵だ」

「なんだって」

音松は目を剝(む)き、

「どういうことなんだ？」

と、声を震わせた。

「十蔵を知ったのは、一つ目弁天の前にある『弁天家』という女郎屋に上がったときだ。敵娼(あいかた)のおせんという女の亭主が十蔵だ。自分の女房を売り飛ばしたそうだ」

宗次は詳しく話し、

「今でも、女郎屋まで金をせびりにくるらしい」

「兄いは、その女に同情したのか」

「それもある。だが、一番の理由は俺のためだ」

宗次は音松の顔を見つめ、

「十蔵の背中に桜吹雪の彫り物があるんだ」

「桜吹雪？　兄貴と同じか」

「そうだ。十蔵の顔を潰(つぶ)して殺してしまえば、俺を死んだことに出来るんだ」

「兄い、ひとを殺すなんて、あっしには出来ねえ」

音松は首を激しく横に振った。

「心配するな。おめえに手をくださせねえ」

宗次は言い、

「俺がひとりでやる。おめえには、俺が十蔵を殺(や)ったあと、俺がやくざ者と喧嘩(けんか)になって殴(なぐ)られた末に大川に放り込まれたと訴えてもらいたいのだ」

と、続けた。さらに、付け足す。

「それから死体が見つかったら、死体は俺だと言い切ってくれ。背中の彫り物が証拠だと言うんだ」

宗次の背中に桜吹雪の彫り物があることを伝蔵は知っている。

「音松、それだけだ。やってくれるな」

「わかった」

音松は大きく頷き、

「でも、兄い。ひとりで十蔵を殺れるのか」

「大丈夫だ。上州で八田の久作を殺ってから、もう俺の手は汚れちまったんだ」

宗次は自分の両手を見つめた。

「兄い、うまくいくかな」

音松は不安そうに言う。

「うまくいかせる」

宗次は拳を握って言う。このまま一生逃亡生活を送るか、別人としてのうのうと生きていけるか。のるかそるかの大勝負だ。

「で、いつ殺るんだ?」

「これから十蔵に近付き、親しくなってからだ。遅くとも半月以内にはけりをつける」

「半月以内か」

音松は呟く。

「川並仲間にも気づかれないようにな」

「それはだいじょうぶだ」

音松は請け合ってから、

「じゃあ、あっしは」

と、腰を上げた。

「ああ、気をつけてな」

音松は土間に下り、戸を開けて外に出て行った。

ひとりになり、宗次は徳利と湯呑みを出して酒を呑みながら、十蔵に近づく手立てを考えた。

十蔵を二度尾行した。最初は池之端仲町にある薪炭問屋の『上総屋』に行き、不忍池で『上総屋』の番頭らしき男と会っていた。

番頭らしき男と十蔵が顔を近付けて話し合っている光景に、少し違和感を覚えた。ふたりは何か企んでいるのではないかと思った。

二度目は、上州からの追手の姿を見て最後まで確かめられなかったが、十蔵は小伝馬町三丁目に目的があったような感じだった。

自然な形で十蔵に会うには、やはりおせんをだしにするしかない。そう思った。

翌朝、宗次は新大橋を渡り、高砂町のお秀の家にやってきた。

格子戸の前に立ち、宗次は深呼吸をして、戸に手をかけた。

「ごめんくださいな」

戸を開け、宗次は声をかけた。

「はい、どなた？」

奥からお秀が出てきた。

「あっしは宗吉（そうきち）と申します。こちらに十蔵さんがいらっしゃるとお聞きしたんですが」

「十蔵さんに？」

「へえ」

「ちょっと待ってて」

お秀は奥に向かった。

しばらくして、四角い鰓の張った顔の十蔵が現われた。

「おまえさん、何者だえ。知らねえ顔だが」

十蔵は上がり框（かまち）に立ったまま、宗次を見下ろして言う。

「あっしはよく聞いてます」

「なに？」

「十蔵さん、ここじゃ話しづらい。ちょっと外まで」

宗次は奥を気にしたように目をやって言う。

十蔵はお秀のことだと気づいたようで、

「わかった」

と言い、土間に下りた。

宗次は浜町堀に出て足を止めた。

「話ってなんだ」

十蔵が催促をした。

「おかみさんのおせんさんのことです」

「どうして、おせんのことを？」

「『弁天家』です」

「『弁天家』？」

十蔵は片頬を歪め、

「おせんの客か」

と、冷たい口調で言う。

「へえ」

「おせんが俺のことをおめえに話したのか」

「あっしが無理に聞きだしたんです」

「何が言いたいんだ？」

「おせんさんにもっとやさしくしてあげてくれませんか」

「おめえが口出しするようなことじゃねえ」

「それはそうですが」

宗次は戸惑いながら、

「おせんさんを売り飛ばしたんですよね」

と、口にした。

「人聞きの悪いこと言うな。おせんが自分で進んで行ったんだ」

「そんなこと言ってませんでしたぜ」

宗次は食い下がる。

「もう、そんなくだらないことで来るな」

十蔵は怒って引き返して行った。

これでこれからも十蔵に近づく理由が出来たと、宗次は後ろ姿を見送りながら、思わずほくそ笑(え)んでいた。

二

剣一郎は太助とともに、小伝馬町三丁目にある古着屋『松島屋』の店先に立った。

間口の広い土間に入る。店座敷では何組かの客が目の前に並べられた着物を見ていた。

番頭らしい男が近づいてきた。

「これは青柳さま」

「ちょっとききたいのだが、昨日の昼過ぎ、ここに背が高く、馬面で顎(あご)がしゃくれた男がやってきたと思うが。歳(とし)は二十七、八だ。一見、客とは思えないようだった」

「はい。覚えています。ひと捜しだということでした」

「ひと捜し？」

「はい。店に入って辺りを見回していましたので、私が声をかけると、ひとを捜していると。それから周囲を確かめて出て行きました」

「捜していた者はいたのか」

「本人は何も言わずに出て行きましたが、客のひとりをしばらく見つめていました。捜してたのはそのお客さんのことだと思いました」

「客の名はわかるか」

「はい。近くの『光輪堂（こうりんどう）』という小間物屋の内儀（おかみ）さんです。娘さんの着物を求めに」

「内儀の名は？」

「おさとさんです」

「わかった」

「青柳さま。あの男が何か」

「いや、たいしたことではない」

「じつは、何日か前にも男が店先を見ていたことがあるんです」

「同じ男か」

「私は見ていないのですが、通りの向こうから店を見ている男がいると、小僧が言いにきました。出て行くと、男はいませんでした。ただ、昨日現われた男を見て、小僧がいつぞやの男だと私に言いました」

「妙だな」

剣一郎は首を傾げた。

男は何を見ていたのか。

「わかった。何かあったら、またきにくる」

剣一郎と太助は外に出た。

それから、『光輪堂』という小間物屋に向かった。

「あそこです」

太助が逸早く屋根看板を見つけた。

『光輪堂』の店先に立ったが、その脇に家族用の戸口があったので、そこに向かった。

太助が戸を開け、

「ごめんください」

と、声をかけた。

女中らしい若い女が出てきた。

「内儀さんはいらっしゃいますか」

太助が声をかける。

「どちらさまでしょうか」

「南町の青柳さまです」

太助が言うと、女中は逃げるように奥に向かった。

すぐに、四十前後と思える女がやってきて、腰をおろした。

「おさとさんですか」

太助が確かめる。

「はい」

おさとは頷き、

「青柳さまで」

と、剣一郎に不安そうな顔を向けた。

「ちょっとききたいのだが、昨日、古着屋の『松島屋』に行ったな」

「はい。娘の着物を見に……。それが何か」

「娘はいくつだ？」

「十七です」

「久米吉という男を知っているか」

「久米吉ですか。いえ」

「背が高く、馬面で顎がしゃくれた男だ。歳は二十七、八」

「心当たりはありません」

おさとは首を横に振った。

「娘はどうだ？」

「知らないと思いますが」

「念のためにききたい。いるか」

「少々お待ちを」

おさとは立ち上がって奥に向かった。

すぐに若い女を連れて戻ってきた。目元の涼しい顔だちだった。

ふたりは上がり框に腰をおろした。

「娘のふみです」

おさとが言うと、おふみは頭を下げた。

「久米吉という名に心当たりはないか」

「いえ、ありません」

おふみは答える。

「背が高く、馬面で顎がしゃくれた男だ。歳は二十七、八」

剣一郎は、おさとに告げたのと同じことを言う。

「いいえ」

「たとえば、勝手にそなたに思いを寄せているとか」

「そんなお方はいません」

おふみは恥じらいながら答え、

「あの、その男のひとがどうかしたのですか」

と、きいた。

「昨日、『松島屋』でそなたの母上をじっと見つめていたそうだ。それで、そなたたちと関わりがあるのではないかと思ったのだが」

「そう言えば」

おさとは思いだしたように、

「私に着物を見せてくれていた手代が、ふいに横を向いたことがあったんです。私もつられて顔を向けたら、店の入口近くに男のひとが立っていました」

「手代の様子は？」

「いえ、特に変わったことは……。ただ」

おさとは続けた。

「すぐ顔を戻すのではなく、少しの間、顔を向けていたようでした」

「手代の名を知っているか」

「他のひとが正太郎と呼んでいました」

「正太郎か」

おさとが嘘をついているようには思えず、剣一郎と太助は礼を言い、土間を出た。

「久米吉は手代に用があったのでしょうか」

太助が首を傾げながらきく。

「ともかく、もう一度、『松島屋』へ行ってみよう」

ふたりは『松島屋』に戻った。

店に入り、剣一郎はさっきの番頭に声をかけた。

「すまないが、おさとを相手にしていた手代は何というのだ？」

「正太郎です」

番頭は答える。

「正太郎を呼んでもらえぬか」

「わかりました。少々お待ちを」

番頭は店の中を見回し、店座敷で客と向き合っていた手代のところに向かった。

声をかけると、手代が顔を向けた。番頭と客の対応を代わり、手代がこちらにやってきた。

「私に何か」

「正太郎か」

「はい」

正太郎は不安そうに頷く。

「昨日、『光輪堂』のおさとの相手をしているとき、そなたは土間に立った男と顔を見合わせなかったか」

「はい」

「男を知っているのか」

「はい、久米吉さんです」

「どういう間柄だ？」

「よくわからないのです」

正太郎は戸惑いながら言う。

「どういうことだ？」

「じつは私は池之端仲町にある薪炭問屋『上総屋』の倅(せがれ)でして、六歳のときからこちらで奉公をしています」

「薪炭問屋の『上総屋』？」

剣一郎にふと記憶が蘇(よみがえ)った。

「『上総屋』といえば、十五年前に押込みがあった商家ではないか」

「そうです。父と番頭さんが押込みに殺されたのです。今は叔父(おじ)が『上総屋』を見ていますが、私が二十歳(はたち)になったときに、お店に戻ることになっています」

正太郎は続ける。

「久米吉さんは、ときたま顔を出して、『上総屋』に戻る日が決まったかどうかを確かめにくるんです」

「久米吉は『上総屋』に関わる男か」

「そうでもないようです」

「それなのに、『上総屋』の後継について気にしているのか」

「はい。昨日も、『光輪堂』の内儀さんが引き上げたあと、近くのお稲荷(いなり)さんに行きました。そこでいつも久米吉さんに会うのです」

「で、また『上総屋』のことをきかれたのか」

「そうです」

「なんと答えたのだ？」

「桜の花が咲くころに戻る予定だけど、まだ具体的な日にちは決まってないと」

「なぜ、久米吉はそなたが『上総屋』に戻ることを気にしているのか」

「わかりません。教えてくれないのです。そのときになったらわかると」

「久米吉は何をしているか聞いているか」

「いえ」

「住まいは？」

「知りません」

「そなたから久米吉に連絡することはあるのか」

「ありません」

「そうか」

剣一郎は念のために、

「五年前まで浅草田原町に『大川屋』という足袋屋があったのだが、知っているか」

と、きいた。

「『大川屋』ですか。知りません」

正太郎は首を横に振った。

「『松島屋』と『上総屋』は親しいのか」

「はい。『松島屋』の主人と父は親しくしていたそうです。前々から、私を修業のために『松島屋』に奉公させることになっていたそうです」

「なるほど。わかった。また、何かあったら聞かせてくれ」

「はい」

店が立て込んできたので、剣一郎は正太郎を解放した。

『松島屋』を出てから、剣一郎は太助に言った。

「やはり、久米吉について調べる必要があるな」

「はい。これから北森下の長屋に行き、いろいろ聞き込んできます」

太助はすぐ応じたが、

「その前に、『上総屋』に行ってみよう。正太郎の話が事実かどうか」

と、剣一郎は誘った。

半刻(一時間)足らず後、剣一郎と太助は池之端仲町の『上総屋』の客間で、主人の嘉右衛門(かえもん)と向かい合った。四十過ぎの柔和な顔つきの男だが、大きな目は冷たく光っているようだった。

「青柳さまがいったい何用で」

嘉右衛門は訝(いぶか)しげにきいた。

「突然押しかけたのは他でもない。今、『松島屋』で手代をしている正太郎のことだ」

「正太郎のこと?」

「正太郎は『上総屋』の跡継ぎというのはほんとうか」

剣一郎は確かめる。

「はい。亡くなった兄の子どもです。修業のために、『松島屋』に奉公に行かせています。兄が他人の飯を食わなければだめだといい、前々から『松島屋』に奉公させることが決まっていたのです」

「いつまで奉公に？」

「正太郎が二十歳になる年の桜の季節に、ここに戻ることになっています。あとひと月後ぐらいでしょうか」

「なるほど」

　正太郎の話と符合する。

「ところで、十五年前、『上総屋』に押込みが入り、主人と番頭が殺され、土蔵から千両箱が盗まれたのだったな」

「はい。悲惨なことでした。土蔵の鍵を素直に出したのに、盗賊は兄と番頭を無残にも殺して」

　嘉右衛門は口惜しげに言う。

「押込みのかしらは半五郎。だが、それからふた月後、半五郎一味は捕まった。だが、盗まれた一千両は取り戻せなかった。藤蔵という兄貴分の男が金を持って逃げたのだ」

剣一郎は言う。

「はい。しかし、押込みの一味が捕まっても、兄や番頭の命が戻ることはありません。奪われた金も返ってこず……」

嘉右衛門は悔しそうに言った。

「仇を討ったところで、奪われた命は返らない。悔しい気持ちはよくわかる。ところで、どういう経緯で、そなたは『上総屋』に入ったのだな」

と、確かめる。

「兄と番頭が殺されて、このままでは商売をやっていけないというので、伜の正太郎が一人前になるまで『上総屋』を守って欲しいと内儀の兄嫁から頼まれたのです」

「正太郎は、帰ってきたら『上総屋』の当主になるのだな？」

「はい」

「そなたはどうするのだ？」

「しばらくは、正太郎の後見をし、正太郎が十分にやっていけるとなったら、私は自分の店に戻ります」

「そうか。そなたに伜は？」

「おります」

「いくつか」

「十七です」

「今どこに？」

「本郷にある商家に奉公に出させています」

「ところで、五年前まで浅草田原町に『大川屋』という足袋屋があったのだが、知っているか」

と、正太郎と同じようにきいた。

「『大川屋』ですか。いえ、知りません」

嘉右衛門は首を横に振った。

「そうか。あいわかった。突然、押しかけてすまなかった」

剣一郎は話を切り上げた。

「正太郎のことで何かあったのでしょうか」

嘉右衛門が真顔になってきいた。

「いや。たまたま、正太郎から聞いた話がほんとうかどうか確かめにきただけだ。何がどうということはない」

「そうですか」

嘉右衛門は納得いかないような顔をしていた。

「では」

剣一郎と太助は『上総屋』をあとにした。

途中、久米吉のことを調べに行く太助と別れ、剣一郎は奉行所に向かった。


その夜、八丁堀の屋敷で太助から久米吉についてわかったことを聞いた。

「香具師仲間から聞いた話で、久米吉は『蝦蟇の油』や歯磨き粉などを売っていたそうですが、見かけが怖そうなので客があまり寄りつかず、自分でも向いていないと思ったのか、半年前に辞めたそうです」

太助は続ける。

「その後は、悪い仲間とつるんで強請りや脅しなどをしていたようです」

「強請りか」

やはり、向島の幸助を何らかのネタで強請っているのか、と剣一郎は思った。

「つるんでいる仲間はわかるか」

「香具師仲間から聞きました。香具師の親方が縄張りにしていた浅草の奥山にたむろしている地回りの寅吉と長介という男だそうです。ふたりの住まいを今調べています」

「ごくろうだった」

寅吉と長介も久米吉の仲間なら、いっしょに向島の幸助を強請っているはずだ。ふたりから何かつかめるかもしれないと、剣一郎は思った。

三

翌朝の四つ（午前十時）に、宗次は再び高砂町のお秀の家の前に来ていた。

だが、十蔵はなかなか出てこなかった。格子戸が開いたのは、ここに来てから半刻（一時間）後だった。

十蔵は浜町堀のほうに歩いていった。宗次はあとをつける。浜町堀に出た十蔵は、堀沿いを小伝馬町三丁目のほうに向かった。

それを確かめると、宗次は引き返した。

お秀の家の前に戻ると、迷わず格子戸に手をかけた。

「ごめんくださいな」

戸を開け、声をかける。

すぐにお秀が出てきた。

「あら、おまえさんは確か……」

「へえ、宗吉です」

宗次は偽名を名乗った。

「十蔵なら留守だよ」

「いえ、きょうはおかみさんに話がありまして」

「私に？」

お秀は眉根を寄せて、上がり框の近くに腰を下ろした。

「なんだえ」

「十蔵さんのことで」

宗次は顔を近付け、

「十蔵さんのかみさんが女郎屋にいるのをご存じですかえ」

「どういうことだえ」

お秀の顔色が変わった。

「十蔵さんは借金の形に、自分のかみさんを売っちまったんですよ」

「まさか」

お秀はむっとしたようだが、

「あのひとは独り身だよ」

と、不安そうに言う。

「おかみさんにはそう話しているんですね。でも、ほんとうは女房持ちなんです」

「………」

「十蔵さんのかみさんはおせんといいます。一つ目弁天の前にある女郎屋にいます」

「そんなことを言いにきたのかい」

「おかみさん。あの男はあちこちの女に手を出しています。ある日、突然、おかみさんの前からいなくなることだってあります」

宗次はなおも、

「おかみさんが心配なもので、ちょっとお話をしておこうと思ったんです。おせんさんから話を聞いて、十蔵さんには血も涙もないのかと怒りが込み上げ、また新たな犠牲者が出ないようにと思い、お知らせにあがった次第でして」

「…………」

「きっと、近々、十蔵さんはおかみさんを捨てて、別の女のところに行くはずです。そのとき、あまり騒がないほうが」

お秀は俯いていたが、

「騒ぎはしないわ」

と、憤然と言う。

「それから、あっしのことはご内聞に。あとで、仕返しをされてしまいますから。じゃあ、あっしはこれで」

宗次は格子戸を開けて外に出た。

これで、十蔵が姿を晦ましても捜すことはしまい。

歩きはじめて、宗次はあっと声を上げた。目の前に、十蔵が立っていた。

「おめえ、なにしているんだ?」

十蔵が問いつめるようにきく。

「あんたを訪ねてきたんだ。出かけたって聞いて、引き上げるところだ」

「また、おせんの件か」

十蔵は口元を歪め、

「おめえ、おせんに惚れたのか」

と、きいた。

「同情している」

「ふん、笑わせるぜ」

十蔵は冷笑を浮かべた。

そのとき、岡っ引きらしい男が通り掛かった。伝蔵ではないが、宗次はあわてて十蔵の体の陰に顔を隠した。

岡っ引きが脇を通りすぎて行った。

十蔵は岡っ引きが遠ざかったあと、

「おめえ、岡っ引きが嫌いなようだな」

と、笑った。

「難癖をつけられるかもしれないんでな」

「難癖？」

十蔵の目が鈍く光った。

「ちょっと付き合え」

十蔵がふいに誘った。

「えっ？」

宗次は耳を疑った。

「相談がある」

「相談だと？」

宗次は警戒した。

「さあ、こっちだ」

十蔵は浜町堀と反対方向に足を向けた。

途中に蕎麦屋があった。十蔵は暖簾をくぐった。十蔵の腹の内が読めないいま、宗次は店に入った。

口開けか、まだ客はいなかった。小上がりで、差し向かいになった。

「酒だ。湯呑みをふたつ」

十蔵が小女に声をかけた。

「話ってなんでえ」

宗次がきく。

「まあ、焦るな」

十蔵は笑みを浮かべた。

酒が運ばれてきた。

酒を湯呑みに注ぎ、十蔵はひとつを寄越した。

「おめえ、宗吉って名ではないようだな」

いきなり、十蔵がきいた。

「『弁天家』に行ったのか」

宗次がきくと、十蔵はにやりと笑った。

おせんはすべてを喋ってしまったのではないかと、宗次は焦った。いや、おせんは俺の真の企みまで知らないはずだと思いなおした。まさか、背中の桜吹雪のことまでは……。

「宗吉って名を出してもわからなかったぜ」

「…………」

「ほんとうの名は宗次か」

「そうだ」

宗次は開き直ったように言う。桜吹雪のことを知っているかどうか。

「話によっちゃ、おせんと縁を切ってもいいぜ」

「縁を切る？」

「そうだ。おめえ次第だ」

「話ってなんだ？」

「まあ、急くな」

十蔵は湯呑みを口に運んだ。

「おめえ、どこに住んでいるんだ？」

「深川だ」

「なにしているんだ？」

「えっ？」

「仕事だよ」

「今はなにも」

「どうやって食っているんだ？」

「以前に稼いだ金が少し残っている」

「じゃあ、いつか底をつくな」

十蔵は笑った。

「それまでには何とかするさ」

自分の身代わりとして、十蔵に死んでもらうと、宗次は内心でほくそ笑んだ。

「どうだ、俺に手を貸さないか」

十蔵が笑みを引っ込めて言った。

「手を貸す？」

「うむ」

「何をするのだ？　まさか、やばいことじゃないだろうな」

「…………」

また、十蔵はにやついた。

客が三人入ってきて、さらに別のふたりがやってきて賑やかになった。

喧騒で、こっちの声は聞こえていない。

「押込みでもするのか」

宗次は冗談混じりにきいた。

しかし、十蔵は真顔になって、

「だとしたら、どうする？」

と、きいた。

「押込みなんぞ、俺の性（しょう）に合わねえ」

宗次は突っぱねた。

「じゃあ、なんならいいんだ。ひと殺しか」

十蔵は鋭い目を向けた。

「俺は獄門になりたくねえ」

「誰だってなりたくねえ。要は捕まらなければいいんだ」

「…………」

自分の腹の中を探っているのかと宗次は警戒したが、そうでもないようだ。

「ほんとうにひとを殺すのか」

宗次はきいた。

「空(から)だな」

十蔵は徳利をつまんで、

「酒を頼む」

と、小女に声をかけた。

「どうなんだ?」

宗次はきいた。

「やるか」

「条件しだいだ」

宗次は答えた。

「いくらになる？」

「そうだな、十両だ」

「十両じゃ、おせんさんを身請け出来ねえな」

「身請けだと？　本気か」

十蔵は呆れたようにきく。

「本気だ」

宗次は身を乗り出し、

「二十両だ」

「二十両だと？」

十蔵は顔をしかめた。

「どうせ、金を出すのはあんたじゃないんだろう」

いつぞや、十蔵は池之端仲町の『上総屋』の番頭らしき男と会っていた。十蔵に命令しているのは、その番頭ではないかと想像した。狙いは『上総屋』に関わる者ではないか。

「それに、あんたが売り飛ばしたんだ。あんたがあと十両出しても罰は当たらない」

宗次は迫った。

「いいだろう」

十蔵はあっさり応じた。

「で、殺す相手を襲うのはふたりでやるんだな？」

「そうだ」

「わかった。俺ひとりでは心細い」

「ふたりならそんな手間のいらない相手だ」

十蔵は不敵に笑った。

十蔵とふたりで狙う相手を襲うとき、宗次は裏切って十蔵を殺る。十蔵を大川に放り込む手助けを、殺そうとした相手にさせればいい。

宗次の狙いはあくまでも十蔵だ。顔を潰して大川に投げ込む。死体が発見されたときには、木場の音松に宗次だと言わせるのだ。

「で、相手は？」

「まだ知らないほうがいい」

「わかった。で、いつ、やるんだ？」

「十日以内には片付ける」

十蔵は言い、

「おめえに連絡をとる場合もある。住まいを教えろ」

「佐賀町の長屋だ」

宗次は場所を教え、

「別の男が借りた部屋を使っているから、長屋の住人に俺のことをきいても無駄だ」

と、注意をした。

「よし、話は終わりだ。蕎麦を食おう」

十蔵は機嫌よく小女を呼んだ。

その夜、宗次は『弁天家』に行った。

二階の部屋に入るなり、

「うちのひとが来たわ」

と、おせんが訴えた。

「ああ、聞いた」

「だいじょうぶだった？」

「心配いらない」

宗次はあぐらをかき、

「ともかく、酒を持ってきてくれ」

と、言う。

「はい」

おせんは部屋を出て行った。

宗次は煙草盆を引き寄せ、煙草入れから煙管を取り出した。刻みを詰めて火を点けた。

煙草をくゆらせていると、おせんが酒を持って戻ってきた。宗次は雁首を灰吹に叩いた。煙管を置き、猪口をつかんだ。

「うちのひと、凄い剣幕だったのよ」

おせんが酒を注ぎながら言う。

「うまく話がついた」

「どういうこと？」

「今日の昼間、十蔵と話し合ったのだ。それで、取引が成立したんだ。もう、金をせびりに来ない」

「どうして、そう言えるの？」

「約束したんだ」

「あのひとが約束を守るとは思えないわ」

「約束を守らなくてもだいじょうぶだ。もう、あの男がおめえに金をせびりにくることはないはずだ」

　十蔵が約束を破ろうが関係ない。宗次の狙いは十蔵に身代わりになって死んでもらうことだ。金は手に入らないが、そんなことはどうでもいいのだ。

　ただ、おせんを身請けすることが出来ないのは残念だが……。

「俺に金があればおめえをここから出してやるんだが」

　宗次は溜め息混じりに言う。

「気持ちだけでうれしいわ。どうせ、ここを抜け出せても、ひとりじゃ生きていけないから」

「…………」

　宗次は酒を呷（あお）った。

　俺が死んだことになるんだったら、その前に……。ふと、あらぬ考えが頭をもたげた。

どこかに忍び込み、金を盗む。万が一、足がついたとしても、自分は死ぬことになっているのだ。

盗む先はあくどく金を儲(もう)けている輩(やから)だ。そういえば、あくどい金貸しがいたが……。いや、三年前、俺をはめた侍……。そうだ、証人として出てきた見物人がいた。あの男が嘘をついたために俺は……。

「どうしたの、そんな怖い顔をして」

おせんが真顔になってきいた。

宗次ははっと我に返った。

「何を考えていたの？」

「どうやったら、おめえの身請けの金が出来るかだ」

「そんなこと考えないで。悪いことでもしなきゃ、そんなお金、出来ないわ」

「うむ」

宗次は心を覗かれたように思い、あわてた。

「まさか」

おせんが顔色を変えた。

「よからぬことを考えているんじゃないでしょうね」

おせんはにじり寄り、

「私のために悪いことをしちゃだめよ。私は宗次さんがたまにここにやってくるだけでいいの。それだけで仕合わせなの」

と、宗次の胸に顔をうずめた。

俺はもうひとを殺している。生まれ変わらなきゃ、俺はまっとうに生きられない。宗次という男は直に死ぬ。その前に、大きな仕事を……。おせんの肩を抱きながら、宗次は目をぎらつかせていた。

四

翌朝、剣一郎は太助の案内で、浅草寺の北方、北馬道町にある地回りの寅吉と長介が住む長屋にやってきた。

一番奥とひとつ手前が寅吉と長介の住まいだ。

奥の寅吉の住まいの前に立ち、太助は戸に手をかけた。

「ごめんくださいな」

戸を開け、太助は声をかける。

「誰でえ」

薄暗い部屋から声がした。

「南町の青柳さまだ」

太助が言うと、男があわてて上がり框まで飛んできた。

剣一郎と太助は土間に入った。

「これは青柳さまで」

「寅吉か」

剣一郎は確かめる。

「へい、さようで」

へいこらしながら、寅吉は上目づかいで様子を窺う。

「陽が昇ったが、仕事にはまだ行かないのか」

「へえ、まだ」

寅吉は曖昧に答える。

「仕事は何をしているのだ？」

「いろいろで。どぶ浚いとか町の雑用の手伝いとか……」

寅吉は俯いて答える。

「いつも長介といっしょに奥山辺りをうろついているそうだが、強請りたかりなどのネタを探しているのではないか」

「とんでもない」

「堅気の衆に迷惑をかけているようなことはあるまいな」

剣一郎は念を押すようにきく。

「もちろんです」

寅吉はあわてて言い、

「あっしが何か？」

と、怯えたようにきいた。

「そなたのことではない。久米吉を知っているか」

「久米吉ですか。ええ、知っています」

「どんな間柄だ？」

「仕事でちょっと」

寅吉は曖昧に言い、

「でも、最近はいっしょではありません」

「へえ、ふた月前に引っ越していきましたから」

「なにかあったのか」

「いえ、わかりません」

寅吉は首を横に振った。

「久米吉は香具師だったそうだが、なぜ香具師を辞めたのか聞いているか」

剣一郎は確かめる。

「香具師に向いていないということでしたが、ほんとうは商売をしているとき、野次を飛ばした客と喧嘩になって殴り倒してしまったそうです。それで、もうこんな商売はやっていられないと」

「それから、そなたたちとつるんだのか」

「別につるんだわけじゃありません。香具師のときから知ってましたから、いっしょに仕事をすることもありました」

「久米吉と三人で、誰かの弱みにつけ込んで強請りを働いていたのではないか」

「強請りだなんて」

寅吉はあわてて否定する。

「強請りはしていないと言うのか」

「強請りじゃありません。ただ口止め料をもらったことはありますが」

「ひとの弱みをだしに口止め料を要求していたのだな。それこそ、強請りではないか」

「それは……」

寅吉は言いよどんだ。

「久米吉がひとりで何者かを強請っているとは考えられぬか」

「さあ。ないと思いますが」

「五年前まで、田原町に『大川屋』という足袋屋があったが知っているか」

剣一郎はふいに『大川屋』の名を出した。

「へえ、知ってます。ここから近いので、あっしも何度かあそこで足袋を買いましたから」

「久米吉もか」

「そうだと思いますが」

「では、久米吉は『大川屋』の主人幸助と面識はあるはずだな」

「へえ、あるでしょう」

「五年前に、なぜ『大川屋』が店を畳んだのか知っているか」

「なんでも、内儀さんが亡くなったからだっていう話は聞いていますが」

「それだけか」

「そうです」

「『大川屋』の主人には何か弱みはなかったか」

「えっ？　そんなこと知りません」

あわてて、寅吉は答える。

「久米吉から『大川屋』の話を聞いたことはなかったか」

「いえ、ありません」

「長介も知らないか」

「知らないはずです」

「太助、長介をここに」

剣一郎は太助に命じた。

「へい」

太助は隣の長介の家に行った。

すぐに長身の男を連れてきた。

「長介か」

剣一郎は確かめる。

「へえ」

長介は頷いてから、寅吉に顔を向けた。

「久米吉のことだそうだ」

「久米吉？」

「最近、久米吉に会ったことはあるか」

剣一郎は長介にきく。

「いえ、会ってません」

「五年前に、田原町にあった『大川屋』が店を畳んだが、そなたは『大川屋』の主人を知っているか」

「へえ、知っています。あの主人は店番もしていましたから」

「『大川屋』の主人に何か弱みはなかったか」

「いえ、あの主人は真面目（まじめ）一徹でしたから」

「長介」

寅吉が叱るように声をかけた。

長介ははっとした。

剣一郎はにやっとした。

「どうして真面目一徹だとわかったんだ？」

「そういう噂でしたから」

長介はしどろもどろになった。

「寅吉」

剣一郎は寅吉に顔を向けた。

「どうやら、そなたたちは『大川屋』の主人のことを調べたな」

「とんでもない」

「長介、どうだ？」

「それは……」

「主人に弱みがないか、そなたたちは調べたのではないのか」

「………」

長介は押し黙った。

「今は、そのことを責めるつもりはない。それに五年前のことだ。ただ、事実を知りたいだけだ。長介、どうだ？」

剣一郎は長介に迫った。

「へえ、そのとおりでして」

長介は認めた。寅吉が何か言おうとしたが、すぐ口を閉じた。

「なぜ、調べたのだ？」

「あの主人は真面目一徹という評判でした。でも、あっしらはそんなはずはないと思いました。真面目と言われる男こそ、裏に何かある。それを探ろうと」

「強請りのネタにするためだな」

「……………」

「まあいい。続けてもらおう」

剣一郎は促す。

「へえ。それでいろいろ調べたんですが、何も出てこなかった。評判どおりでした」

「それが五年前か」

「そうです。それからしばらくして、内儀さんが亡くなり、店を畳んでしまいました」

「じゃあ、今のことは久米吉とは関係ないのだな」

「あっしと寅吉のふたりで」

長介が言うと、寅吉も頷いた。

「久米吉が『大川屋』の主人のことを口にしたことはあるか」

「いえ、ありません」

長介は答えてから、

「久米吉が何かしたんですかえ」

と、きいた。

「そういうわけではない」

剣一郎は曖昧に答えてから、

「ふた月前に久米吉が引っ越していった理由に想像はつかないか」

「いえ」

長介は首をひねってから、

「たぶん、金蔓(かねづる)を見つけ、自分ひとりで片をつけようと思ったんじゃないですかえ」

と、言った。

「金蔓とは、強請りの相手ということか」

「そうです。でも、あっしがそう思っただけで、ほんとうかどうかわかりませ
ん」

「もし、そうだとしたら、強請りの相手は誰か想像はつかないか。こっちにいる
ときに、久米吉は目をつけたのだろうからな」

「そうですが」

長介は首を横に振る。

「待ってくれ」

ふいに寅吉が思いだしたように、

「久米吉が雷門前で五十年配の男と話していたのを思いだした。あっしが誰だと
きいたら、道をきかれただけだと答えたことがあった」

「どんな男か覚えているか」

「痩せていて、髪の薄い男だった」

鶴のように細い体の向島の幸助のような気がした。

どうやら、向島の幸助との因縁はそのころからのようだ。

「ところで、小伝馬町三丁目にある古着屋『松島屋』を知っているか」

「いえ」

長介も寅吉も否定した。

「久米吉から聞いたこともないな」

「ありません」

「池之端仲町の薪炭問屋『上総屋』はどうだ？」

「知りません」

ふたりは同時に答えた。

「あいわかった。よいか、堅気の衆に迷惑をかけるようなことをするでないぞ」

最後に釘（くぎ）を刺してから、剣一郎と太助はふたりと別れた。


北馬道町をあとにして、吾妻橋を本所側に渡った。

それから大川に沿って下り、南割下水から竪川に架かる二ノ橋（にのはし）を渡り、北森下にやってきた。

「ここです」

太助の案内で、久米吉の長屋の木戸をくぐった。

久米吉の部屋の前に立ったとき、隣の家の戸が開いて年寄りが出てきた。

「久米吉さん、昨夜から帰ってないようだ」

「帰ってない？」

　太助がきき返した。

「昨夜から物音がしない」

「帰ってこないことはたまにあるのか」

　編笠をかぶったまま、剣一郎はきいた。

「いや、今まではそんなことはなかった」

　年寄りは首を横に振る。

「久米吉とは親しくしていたのか」

「まあ、親しくしていたと言えるかどうか」

「どういうことだ？」

「たまには酒を酌み交わすことがあっても、肝心なことは何も話してくれないんだ」

　年寄りは不満そうに言う。

「久米吉は今、何をしているのかも？」

「そうだ。きいても、話をはぐらかすだけだ」

「日々の暮らしぶりはどんなだ？」

「何をしているのやら。いつも昼近くまで家にいて、それからどこかに出かけ、夜に帰ってくる。そんな暮らしだ。いや、最近は帰りが遅いな」

年寄りは顔をしかめた。

「久米吉を訪ねてくる者はいたか」

「いや、いねえ」

「久米吉に女はいなかったのか」

「女？　さあな。わからねえ」

「そうか。しかし、久米吉がここにやってきてまだふた月だ。それにしては、そなたに心を許しているように思えるが？」

剣一郎は気になってきいた。

「そうさ。俺は昔の久米吉を知っているからな」

「どういうことだ？」

「十五年前まで、久米吉はこの近所の一軒家に住んでいたんだ」

「ほんとうか」

剣一郎は思わずきき返した。

「母親とふたり切りでな。母親は誰かの援助を受けていたようだ。何度か、その家に行ったことがある」

「なぜ、家に？」

「俺は鋳掛け屋だ。鍋、釜の修繕で、呼ばれたのだ。だから、久米吉をよく知っていたんだ。ところが、久米吉が十二、三のころだったな、何があったのか、突然引っ越していった。それが、十五年ぶりに、隣に引っ越してきたってわけだ」

「久米吉はそなたに会いたくて、ここに引っ越してきたのか」

「いや、そうじゃねえ。子どものころに住んでいた町を懐かしんでだろう。たまたま隣が空き家だったので越してきたんだ」

「そうか。だいぶ久米吉のことがわかってきた。また、何かあったらききにくるかもしれないが」

「お侍さん。いつでもききにきてもらって構わないが、今度は編笠をとって堂々と顔を晒して俺の前に現われてもらいてえな」

年寄りは口元を歪めて言った。

「これはすまないことをした。許してくれ」

相手に気を遣わせまいとわざと編笠のままでいたのだが、剣一郎は編笠をとった。

「げっ。青柳さま……」

左頬の青痣に気づいて、年寄りはのけぞるように言った。

「とんだ失礼を」

年寄りはぺこぺこした。

「気にするな。夜にまた、久米吉を訪ねてみる。邪魔をしたな」

剣一郎は年寄りに礼を言い、太助と長屋を引き上げた。


暮六つ（午後六時）を過ぎ、剣一郎と太助は再び、久米吉を長屋に訪ねた。

しかし、戸を開けて呼びかけたが、返事はなく、部屋は暗かった。

昼間の年寄りが出てきて、

「青柳さま。久米吉はまだ帰っていません」

と、心配そうに言った。

「妙だな」

剣一郎も微かな不安を覚え、

「すまないが、久米吉の部屋の中を見てみたい。案内してくれぬか」

大家に頼むと大事になりかねないので、年寄りにいっしょに部屋に入ってもらった。

年寄りが行灯に明かりを灯した。淡い明かりが周囲を照らす。壁に着物がかかっていて、壁際にふとんが積まれ、枕屏風で隠してある。

殺風景な部屋だが、特に変わっているわけではない。向島の幸助との関わりを示すようなものはなかった。

「青柳さま。久米吉はどうしたんでしょう」

年寄りが心配してきいた。

「まだ宵の口だ。明日の朝、また来てみる」

剣一郎はそう言い、久米吉の長屋をあとにした。

「どうしたんでしょう」

長屋木戸を出て、太助は不安そうにきいた。

剣一郎も胸騒ぎがしていた。

八丁堀に帰ると、剣一郎は定町廻り同心の植村京之進を屋敷に呼んだ。

奉行所内でも剣一郎を慕う者は多いが、なかでも京之進は剣一郎に心酔していた。剣一郎は密命を受けて、定町廻り同心を助けてきたのだ。

「ちょっと気になる男がいる」

そう言い、久米吉のことを話し、

「具体的に、久米吉が何かをしていたわけではないが気になるのだ」

と、さらに付け加えた。

「向島の幸助を強請っているのかどうかわからないが、何度か幸助のところに行っている。それから、小伝馬町三丁目にある古着屋『松島屋』に奉公している正太郎という手代にも近づいている」

「事情はわかりました。心がけておきます」

京之進は応じた。

剣一郎の胸騒ぎが現実のものになったのは、翌朝のことだった。

五

柳橋にある第六天神宮の裏手の草むらから男の死体が見つかった。知らせを受け、剣一郎は駆け付けた。

浅草橋を渡り、最初の角を右に曲がると第六天神宮が目に入る。剣一郎は裏にまわる。

「青柳さま。どうぞ」

すでに来ていた京之進が死体のそばに導いた。

岡っ引きが莚をめくった。

剣一郎は手を合わせてから亡骸を見た。

「久米吉だ」

剣一郎は憤然と言った。やはり、このような目に遭っていたのかと、無念の思いが込み上げてきた。

もっと早く、久米吉に接触しておけばよかったか。

深呼吸をし、剣一郎は亡骸を検めた。

脇腹と胸、それに喉などの何カ所かに刺し傷があった。下手人は殺しに長けた者ではないようだ。

体の硬直の具合などから、死んで一日以上は経っているようだ。すると、殺されたのは、一昨日の夜ぐらいか。

「見つけたのは？」

「近所の者です。犬がやけに吠えているので様子を見に来たそうです」

「なかなかひと目につきにくい場所だな」

剣一郎は辺りを見回す。

「まさか、青柳さまから聞いたばかりの男がこのようになっていようとは」

京之進は眉根を寄せて言った。

「財布は持っていたか」

「ありました」

「物取りではないな」

「喧嘩をしたのか。これから、一昨日夜の久米吉の動きを調べ、目撃した者を捜します」

「うむ。それから北森下の長屋に知らせを」

「わかりました」

京之進は応じる。

「わしは向島の幸助に会ってみる」

「はっ」

剣一郎はあとを京之進に任せ、蔵前(くらまえ)の通りを浅草に向かった。さらに、吾妻橋を渡り、墨堤通りを白鬚神社のほうに向かった。

新梅屋敷の近くにある幸助の住まいに辿り着いた。

戸を開けて土間に入り、訪問を告げると、奥から幸助が出てきた。

「これは青柳さま」

板敷きの間に腰を下ろして挨拶をした。

「ちと訊ねますが、久米吉という男をご存じですか」

「久米吉ですか。いえ」

幸助は首を横に振る。

「ここに何度か顔を出しています。背が高く、馬面で顎がしゃくれた男です。歳は二十七、八」

「ああ、あの男ですか。名前までは知りませんでした」

ほんとうかどうか見極めようと、幸助の顔を見つめた。だが、幸助はほとんど表情を変えない。

「久米吉はどんな用で、あなたのところにやってくるのですか」

「よくわからないのです」

「わからない？」

剣一郎はきき返す。

「はい。いつぞや貸した品物を返して欲しいと言われて。私にはいっこうに心当たりはなく、適当にあしらっているという状況でした」

とってつけたような言い訳だが、幸助に動揺は見られない。

「あなたは、ほんとうに『大川屋』の幸助さんなのですか」

剣一郎は切り出した。

「私が聞いた限りでは、『大川屋』の幸助さんとは特徴が違うようです」

「…………」

「いかがですか」

「はい。仰るとおりです」

幸助はあっさり認めた。

「私は卯平と言います。十年以上前にちょっとしたことで江戸を追われ、西に向かい、吉野山の近くの寺の宿坊で働いていました。そこで五年前、客として来ていた『大川屋』の幸助さんと知り合い、幸助さんから吉野山に来た事情をきいたのです」

卯平は語りだした。

「幸助さんはおかみさんに吉野山の桜を見せたいと遺髪を持ってやってきたそうです。幸助さんと会い、私は江戸が恋しくなって最期を江戸で迎えたいと思い、三年前に出てきました。そして、私も桜の近くで息を引き取りたいと、向島に」

「なぜ、幸助さんの名を？」

「真下さまと知り合い、あのような立派なお方とおつきあいするのは江戸を追われた者では釣り合いがとれないと、つい見栄を張りまして」

卯平は淡々と答えた。

どこまでが真実かわからないが、今は卯平の言葉を素直に受け入れるしかなかった。

「真下先生は相手がどのようなお方であっても、分け隔てなさることはありません」

剣一郎は卯平が幸助になりすましたことを暗に非難した。

「そうですね」

卯平は素直に応じた。

「ところで、本物の幸助さんはどうしたのですか」

「吉野山に住みつくと言ってました」

「住みつく？」

「出家なさると」

「出家……」

「桜を眺めることが出来る寺で、おかみさんの菩提を弔っていくそうです」

剣一郎は素直に信じていいものかわからなかった。

悪い想像を働かせれば、すでに幸助は死んでいるかもしれない。そこに卯平が絡んでいる。

そうだとすれば、十分に強請りのネタになるだろうが、江戸にいた久米吉がそのことを知る由もない。

ただ、あるとすれば、卯平が幸助を手にかけたことを知っている人物がいて、久米吉を使って強請っているということだ。

その人物はどうして、卯平と幸助が出会った経緯を知っているのか。卯平の共犯者か。卯平とその人物が幸助を殺害し、所持していた金を盗んだ。

その後、ふたりは江戸に出たが、仲違いをして、相手の男は久米吉を使って卯平を強請りはじめた……。

そんなことを考えていると、卯平が窺うようにきいた。

「その久米吉って男がどうかしたんですか」

「柳橋の第六天神宮の裏手で殺されていました。今朝、死体が発見されました」

「殺された……」

ひとが殺されたことに驚いたのか、久米吉の死に衝撃を受けたのか。はじめて、卯平は顔色を変えた。

「下手人は？」

「わかりませんが、物取りではないようです。やくざ者といざこざになって刺されたということも考えられますが、そうではないような」

「……」

「久米吉は小伝馬町三丁目にある古着屋『松島屋』の手代の正太郎に会いに行き、池之端仲町の薪炭問屋『上総屋』に帰る日が決まったかどうかを確かめています。この正太郎は『上総屋』の先代の子どもだそうです。『上総屋』は……」

剣一郎は『上総屋』が押込みに入られ、主人と番頭が殺されたことを話した。

「卯平さんは『上総屋』のことをご存じでしたか」

「いえ、知りません」

「そうですか。もし、久米吉のことで何か思いだすことがあれば、あとで教えてください。お邪魔しました」

剣一郎は卯平の家を辞去した。


剣一郎は向島から深川の北森下の長屋に戻ってきた。

まだ、久米吉の亡骸は戻ってきていなかったが、知らせは届いていた。

「青柳さま」

隣の年寄りが家から出てきて、

「久米吉は死んでいたんです。いってえ、何があったのか」

と、憤然と言った。

「まさか、こんなことになっているとはな」

剣一郎は痛ましげに言う。

「早く下手人をとっ捕まえてください」

「うむ。必ず、仇をとってやる」

剣一郎は誓ってから、

「ところで、卯平という五十年配の男を知っているか」

「卯平ですか」

年寄りは首をひねった。

「知りませんね」

「卯平は十年以上前まで江戸にいたそうだ。そして三年前に江戸に戻ってきた。久米吉からも聞いたことはないか」

「へえ、ありません」

「そうか」

剣一郎は思いついて、

「十五年前まで、久米吉は母親とふたりで近所に住んでいたということだが、場所はどこだ？」

「横丁を曲がった町外れの一軒家で、六間堀の近くです。瀬戸物屋が隣にありますから、すぐわかります」

「瀬戸物屋は母子のことをよく知っているのだな」

「隣同士ですから」

そのとき、木戸のほうが騒がしくなった。目を向けると、大八車が見えた。久米吉の亡骸が返ってきたようだ。

わずかふた月しか住んでいないが、長屋の住人は久米吉を丁重に迎え、通夜と弔いの支度(したく)にかかっていた。

自分の部屋に安置された久米吉の亡骸に手を合わせて、剣一郎は長屋を出た。

横丁を曲がり、六間堀のほうに向かう。店先に瓶や火鉢、皿などが並んでいる瀬戸物屋がある。隣には古い家が建っていた。剣一郎は瀬戸物屋の店先に立った。

「ちと、訊ねたいことがある」

編笠をとり、剣一郎は店番をしている年配の男に声をかけた。

「青柳さまで」

男はあわてて立ち上がった。

「ご亭主か」

「はい」

「古いことだが、十五年前まで隣の一軒家に母子が住んでいたそうだな。覚えているか」

「はい。覚えております」

「どんな母子であったな」

「母親はきれいな女子(おなご)でした。子どもは男の子で、引っ越していったとき歳は十二ぐらいだったと思います」

「男の子の名を覚えているか」

「確か、久米次……。いや、久米吉かも」

「久米吉だ」

「そうだ、久米吉です。ちょっと、利かん気な子どもでした」

「その家に誰か訪ねてくることはあったか」

「たまに、男がやってきていました。旦那だと思います」

「どんな男だ？」

「後ろ姿をちらっとしか見ていませんが、大柄でがっしりした体格の男でした」

「母子と話をしたことはあるな」

「ええ、あります」

「母子から、卯平という名を聞いたことはないか」

「卯平ですか。ありません」

「母子はなぜ、引っ越していったのだ？」

「母親の病気のせいではないかと」

「病気？」

「ええ。いなくなる前に会ったときの母親は、かなり瘦せていました。顔色も悪く、声にも張りがなくて」

「かなり衰弱していたのか」

「はい」

「で、どこに引っ越して行ったのかわからなかったのだな」

「はい、家財道具はすべて道具屋に売り払い、まるで夜逃げのように」

「そうか」

その後、久米吉が浅草奥山を縄張りとする香具師の親方のところに転がり込んだのは、母親が亡くなったからかもしれない。

だが、当時のことが今回の殺しにつながっているとは思えない。

「青柳さま、久米吉がどうかしたのですか」

亭主が真顔になってきいた。

「先日、殺された」

「えっ」

亭主は絶句した。

その夜、八丁堀の屋敷に、京之進がやってきた。

剣一郎は太助とともに、京之進の話を聞いた。

「二月十七日の夜、元鳥越町（もととりごえちょう）に住む大工が浅草橋を渡ったあと、久米吉らしい男と遊び人ふうの男のふたり連れとすれ違ったそうです」

「顔を見たのか」

「いえ、暗かったので顔はわからなかったということです。ただ、ふたりが言い合っていたようなので、すれ違うとき、ふたりに目を向けたそうです。ひとりは長身だったと」

「長身か。久米吉のようだな」

「はい。で、いっしょにいた男なんですが、連れ立って歩いていたところから、顔見知りだと考えられます」

「顔見知り？」

「はい。それで、久米吉がつるんでいた地回りの寅吉と長介に事情をききにいったところ、十七日夜の寅吉の居場所がはっきりしないんです」

「………」

「長介は北馬道の行きつけの居酒屋で呑んでいたそうですが、その夜に限って寅吉は他に用事があってどこかに出かけていました」

「寅吉は何と言っているんだ？」

剣一郎は眉根を寄せた。

「それが、どこに行っていたのかを言わないんです」

京之進は身を乗り出して言う。

「しかし、それだけで決めつけるのは弱い」

剣一郎は注意をした。

「はい。これから調べます」

「わしは違うような気がする」

剣一郎は否定した。

「そうですか」

京之進は驚いたように言う。

「久米吉は幸助を名乗った男と何かあるのだ。その男は卯平という。この卯平もまだ何かを隠している」

剣一郎はさらに続ける。

「それに、久米吉は小伝馬町三丁目にある『松島屋』の手代正太郎に近づいている。寅吉がこれらのことに絡んでいるとは思えぬ」

「そうですね」

「久米吉殺しの背後にはもっと何かがあるような気がしてならないのだ。もっとも、これはわしの勘でしかないが」

「いえ。確かに、そうかもしれません。久米吉は何かの目的で動いていた。その関連で殺されたとみるべきでしょう」

「うむ。ただ、下手人はひと殺しに馴れた男ではない。金のために、殺しを引き受けたのではないか。そういう意味では、寅吉も下手人になり得るが……」

「問題は誰が何のために頼んだのか、ですね。やっぱり正太郎が引っ掛かりますね」

それまで黙って聞いていた太助が口を入れた。

「うむ。正太郎か」

剣一郎ははっとした。

「正太郎の実家の『上総屋』は十五年前に押込みに入られたのだ。今の主人の嘉右衛門は押込みに殺された先代の弟だ。自分の店を他人に任せ、兄の伜の正太郎が二十歳になるまで『上総屋』を預かってきた。いよいよ、正太郎が二十歳になって『上総屋』に戻る日が近づいている。気になるのは、嘉右衛門が他人に任せた自分の店だ。このあたりのことを調べてくれぬか」

「わかりました」

「わしは嘉右衛門に会って、それとなく確かめてみる」

「はっ」

京之進は頭を下げ、引き上げていった。

「太助は正太郎のことを調べてもらいたい」

剣一郎は命じた。

何を見逃しているのか。その手掛かりが『上総屋』と正太郎にあるような気がしていた。

第三章　謀略

一

夕暮れてきた。宗次は本所石原町にある質屋『大福屋』の前を素通りする。

風呂敷包みを抱えた男が長い暖簾をかきわけて中に入っていった。

三年前、向島の花見で、本所南割下水に住む小普請組の侍たちが三人、娘に無体な真似をしたのを止めに入って、宗次は三人の侍を叩きのめした。

だが、奉行所の取調べでは話が逆になっていた。娘に無体な真似をしたのは宗次で、止めに入った侍に乱暴を働いて怪我をさせたと。

吟味で、証人として出てきた見物人が『大福屋』の番頭の春蔵だった。被害に遭った娘も、その場に居合わせた者たちも、侍の仕返しを恐れて口を閉ざしてしまった。

途中で引き返し、再び『大福屋』の前にやってきた。さっき入って行った男が畳(たた)んだ風呂敷を手に出てきた。

男が離れてから、宗次は戸口に立った。暖簾をかきわけて、戸を開ける。帳場(ちょうば)格子(ごうし)に番頭の春蔵が座っていた。

「いらっしゃいまし」

春蔵が声をかけてきた。ぎょろ目の三十五、六の男だ。

宗次は懐(ふところ)から鞘(さや)ごと匕首(あいくち)を取り出し、春蔵に突きだした。

「質草(しちぐさ)だ」

「お客さま。このようなものは」

「受け取れねえというのか」

宗次は凄(すご)んだ。

「お客さま。もし、血糊(ちのり)でもついていたら、ことですから」

春蔵は口元を歪(ゆが)めて突き返した。

「そうか」

宗次は戸口まで戻り、いったん外に出た。暖簾を勝手に下ろし、戸を閉めて、春蔵のところに戻った。

「何をするんだ」

春蔵は強い口調になった。

「この匕首と俺の怒りを質草に、五十両を貸してもらいたい」

宗次が言うと、

「強請り、たかりの類のようですな」

春蔵は鼻で笑い、

「お帰りください。さもなければ」

と、顔を険しくした。

「番頭さんよ。俺のこと、忘れたかえ」

「なに？」

「この桜吹雪を見て何か思いださないか」

宗次はいきなり諸肌を脱いで、春蔵に背中を向けた。

「あっ」

春蔵が短く叫んだ。

「思いだしたかえ。三年前、おめえの嘘で、江戸を追われた男だ。今、ここでおめえに恨みを晴らしてもいいが、それじゃ身も蓋もねえ。ここは質屋だ。俺の怒りとおめえの息の根を止める匕首を質入れにする」

「ばかな」

春蔵の声が震えた。

「そんなもの、質草になるか」

「そうか。だったら、三年前の恨みを晴らさせてもらうぜ」

宗次は匕首を摑みなおした。

「待て」

春蔵はあわてた。

「じゃあ、金を出すんだな」

そのとき、裏手で微かに物音がした。誰かが出てくるかと思ったが、それきり物音はしなくなった。

「どうなんだ、金を出すのか」

宗次はもう一度言う。

「五十両なんて無理だ」

春蔵は訴えるように言う。

「じゃあ、いくらだ？」

「二十両……」

「話にならねえ」

「三十両だ。それが精一杯だ」

春蔵が言う。

「仕方ねえ。それで手を打とう。言っておくが、これはちゃんとした取引だ。いいな。もし、町方に訴えたりしたら……」

宗次は声を押し殺した。

「さあ、早く出せ」

宗次は言う。

「わかった」

春蔵は百両箱から三十両を出した。

それをひったくるようにとり、

「これで、三年前のことはなかったことにするぜ。ただし、町方に訴えたら、おめえの命はないものと思え。じゃあな」

宗次は土間を飛び出した。外は暗くなっていた。

いったん佐賀町の長屋に帰ろうか迷ったが、宗次はその足で『弁天家』に行った。

二階の小部屋に入るなり、おせんがしがみついてきた。

「どうしたんだ？」

驚いて、宗次はきいた。

「ほんとうに宗次さんだ」

おせんは宗次の胸に顔を押しつけて言う。

「何をばかなことを言っているんだ」

「いつか、ふいに宗次さんが来なくなるような気がして」

「なぜ、そんなふうに思うんだ？」

「仕合わせだから」

「仕合わせ？」

「ええ、宗次さんといっしょにいるときが一番仕合わせなの。でも」

おせんの声が途切れた。

「でも、どうした？」

「私の仕合わせ、いつも長続きしないの」

「どういうことだ？」

「私がほんとうに仕合わせって思ったときから、逆になっていくの。仕合わせが遠ざかっていくの。いつもそう。子どものときから、ずっとそう。仕合わせって感じたときから不幸が近づいてくるの」

「そんなばかなことがあるものか」

宗次は苦笑し、

「頼みがあるんだが」

と、おせんの体を離した。

宗次はおせんを座らせてから、晒（さらし）の中から金を取り出した。

「これ、俺の財産だ。三十両ある」

「三十両？」

「預かってくれ」

宗次はおせんの手に握らせた。

「このお金、どうしたの？」

「貸してあったのを返してもらったのだ」

「こんな大金？」

「俺は川並（かわなみ）だったんだ。筏師（いかだ）だ。忙しいときにはこんな稼ぎはざらだった。嘘じゃねえ」

宗次は心配かけないように言う。

「そう。でも、どうして私に？」

おせんはかえって不安そうにきいた。

「持っていると、使ってしまいそうで心配なんだ。預かっていてくれ。俺にとっちゃ、おめえが一番信じられるんだ」

「………」

「どうした？」

「怖いの」

「何が怖いんだ？　決して悪い金じゃねえ」

「そうじゃないの。仕合わせだから」

「なんだ、さっきの話か」

宗次はおせんがいじらしくなって、

「仕合わせが長続きしないっていうが、苦界(くがい)に身を沈めているのに仕合わせだと思うのはおかしいぜ。ほんとうの仕合わせはまだ来ていねえ」

「………」

「そうだろう」

「ええ」

涙目になったおせんに、

「それより、酒にしよう」

と、宗次は言った。

「はい」

目尻を拭って、おせんは立ち上がり、部屋を出て行った。

宗次も腰を上げ、窓辺に寄った。穏やかな暖かい春の夜だ。障子を開けると、心地よい風が吹いてきた。

おせんは薄幸な女だ。仕合わせが長続きしたためしがないと言う。そんなことがあるのか。

宗次は外を見ていてはっとした。一つ目弁天の塀際の暗がりに、黒い影が動いた。こっちを見ているような気がする。

まさかと思った。あっ、と宗次が声を上げた。

『大福屋』だ。番頭の春蔵と話しているとき、奥で物音がした。誰も出てこなかったが、やはり誰かがいたのだ。

尾けられたか。宗次は舌打ちした。『大福屋』を出て、まっすぐここに来た。今にして思えば、佐賀町に帰らなくてよかった。住まいを突き止められていたところだった。

障子を閉めて、部屋の真ん中に戻った。

おせんが酒を持ってきた。

酒を酌み交わしていても、宗次はさっきの黒い影が気になった。岡っ引きの伝蔵に知らせるかもしれない。

伝蔵は一度、ここまで聞き込みにきているのだ。

「また、怖い顔をしているわ」

おせんが言った。

「えっ？」

耳に入らず、宗次はきき返した。

「何を考えていたの？」

おせんが真剣な眼差しできいた。

「いや、別に」

「嘘。だって、とっても怖い顔をしていたもの」

「…………」

「ねえ。いやよ。私をひとりぼっちにしないで」

おせんは宗次の胸に顔を埋めた。

その肩を抱き寄せ、

「物ごとを悪く考えがちだな。それじゃ、疲れてしまうだろうよ」

宗次はあえて明るく言う。

「性分だから。だって、宗次さんが二、三日来ないだけでも、宗次さんに何かあったんじゃないか。そうじゃなければ、もう私なんかに飽きて、二度と顔を出さないんじゃないかって不安になるんだもの」

「困った性分だ」

宗次は苦笑し、

「俺が直してやろう」

と、力強く言う。

「ほんとうに？　でも、無理よ」

「なぜだ？」

「だから、今までみなそうだったから」

「いつもいつもそうだというのはありえない。今度こそはおめえが期待するようなことになるはずだ」

「そうだといいんだけど」

「きっと、そうなる」

宗次は力説した。

なぜ、こんなにむきになって訴えているのか。宗次は自分の先行きに微かな不安を持っていたのだ。

宗次は酒を立て続けに呑(の)んだ。

それから四半刻（三十分）後、宗次はふとんに入った。襖(ふすま)が閉まり、隣の部屋の明かりが届かず、暗くなった。やがて、衣擦れの音がして、襦袢(じゅばん)姿のおせんがふとんに入ってきた。

激しいおせんの息づかいがやがて悲鳴のような声に変わり、宗次も快楽の波を何度も浴びながら、天空から地上に落下するような感覚に襲われ、いつしか心地よい倦怠(けんたい)感に包まれていた。

腕の中で、おせんが微かな寝息を立てている。

暗い天井を見つめながら、俺が目指しているのは何かと、宗次は自問した。

十蔵を身代わりにして、自分は生き延びる。そういう企みだが、問題はその先だ。

別人として生きていくことになるが、そこにおせんを引きずり込んでいいのか。

他人になりすまして生きていて、ばれずに済むだろうか。おせんを身請けし、いっしょに暮らしている最中に、奉行所の手が伸びてくるのではないか。

腕の中で、おせんが動いた。

「私、悟ったわ」

いきなり、耳元でおせんが呟くように言った。

「悟った？　何を悟ったのだ？」

「仕合わせが長続きしないことを避ける手立てよ」

おせんは続けた。

「今を仕合わせと思わなければいいのよ。今、こんなに仕合わせだけど、仕合わせじゃないと思っていれば……」

おせんも何か不安を感じ取っているのだろうか。

「仕合わせなら、素直に仕合わせをかみしめるんだ。いつかは消えない仕合わせが必ずやってくる」

「そうね」

おせんは素直に頷いた。

「厠だ」

宗次は起き上がった。

廊下に出て、階段下にある厠に入った。

窓から空を見る。出の遅い月が空に浮かんでいた。

部屋に戻り、ふと思いついて窓辺に寄った。障子を少し開ける。一つ目弁天の塀のそばの暗がりに、さっきの黒い影がいるのがわかった。伝蔵だったら、ここに踏みこんでくるはずだ。やはり、『大福屋』の者だろう。朝までいて、あとを尾ける気か。

翌未明、宗次はおせんに見送られて『弁天家』をあとにした。あえて、長屋のある佐賀町と反対方向に歩きだす。

一つ目弁天の境内を窺ったが、怪しいひと影はなかった。夜中に引き上げたか。

だが、念のために、宗次は両国橋を渡った。いつぞやと同じように、野菜を積んだ大八車が朝靄の両国橋を何台も渡って行く。

橋の真ん中辺りでさりげなく後ろを見た。すっと、野菜を積んだ大八車の陰に隠れた男がいた。

やはり、尾けられていた。宗次は青物市に向かって連なる大八車を追い抜いた。そして、橋を渡り切り、米沢町に向かって走った。

途中、振り向いたが、追手の姿はなかった。

宗次は新大橋を渡って、佐賀町の長屋に帰った。

二

その日の朝、剣一郎は池之端仲町にある薪炭問屋『上総屋』を訪れた。

剣一郎は編笠をとって番頭に声をかけた。

「主人の嘉右衛門に会いたいのだが」

「これは青柳さまで」

番頭はおもねるように頭をさげ、

「主人ですね。少々、お待ちを」

急いで、奥に行こうとしたので、

「待て」

と、呼び止めた。

「そなたはいつから『上総屋』に？」

「私ですか。今の主人といっしょに『上総屋』に入りました」

「すると、十五年前からか」

「はい」

「どういうわけで『上総屋』に？」

「私は嘉右衛門さまのお店で奉公していましたが、嘉右衛門さまが『上総屋』に入ることになったとき、いっしょに来てくれないかと頼まれました」

「嘉右衛門がやっていた店というのは？」

「本郷にある『風林堂（ふうりんどう）』という文具屋です」

「文具屋というと筆とか硯（すずり）、墨などを扱っているのか」

「はい。では、少々お待ちください」

番頭は逃げるように奥に向かった。

あの番頭は嘉右衛門が自分の店から連れてきた男のようだ。

しばらくして、番頭が戻ってきた。

「どうぞ、こちらに」

店座敷の端から上がり、剣一郎は客間に通された。

待つほどのこともなく、四十過ぎの柔和な顔つきの嘉右衛門が現われた。

剣一郎の前に腰を下ろし、

「青柳さま、きょうは何か」

と、頭を下げてからきいた。

「じつは先日、言い忘れたことがあった」

「なんでしょうか」

嘉右衛門は不審そうな目を向けた。

剣一郎は静かな口調で、

「先日、火盗改が盗賊を捕まえたのだが、そのかしらが十五年前、『上総屋』に押し入った盗賊の一味の者らしいのだ」

「それはまた……」

嘉右衛門は怪訝(けげん)な顔をした。

「十五年前、火盗改が『上総屋』に押し入った半五郎一味をふた月後、隠れ家を探り出し、急襲して捕まえた。だが、藤蔵という男だけ逃げられた。十数年間、行方を晦ましていたが、つい先ごろになって自分がかしらになって押込みを働いたのだ」

「さようでしたか」

「これで、『上総屋』に押し入った盗賊は全滅したことになる。いちおう、そのことを伝えておこうと思ってな」

「それはわざわざ」

嘉右衛門は興味なさそうに答える。

「ところで、ここの番頭はそなたが『上総屋』を預かるときに自分の店から連れてきたそうだな」

「はい。さようで」

嘉右衛門は慎重な物言いで、

「兄の右腕だった番頭さんも殺され、『上総屋』を預かるに当たり、頼りになる奉公人が必要だったもので」

と、答えた。

「それはそうであろうな」

剣一郎は頷き、

「あの番頭はなかなか目端が利くようだ。名はなんと？」

「六兵衛です」

「正太郎が戻ってきたら、そなたは自分の店に戻るということだったな」

「はい、本郷のお店に戻ります」

「文具屋だとか」

「そうです」

「文具屋はそなたがいない間、誰が？」

「有能な番頭に店を任せています」

「番頭？　しかし、番頭は赤の他人ではないか」

「信頼出来る男ですから」

「そうか。で、そなたが戻ることになったら、その者はどうするのだ？」

「どこかに出店を出そうかと。そこを任せるつもりです」

「なるほど」

剣一郎はふと思いついたように、

「先代の内儀、正太郎の母親はどうしているのだ？」

「『上総屋』の寮が入谷にあり、そこで暮らしております」

「入谷のどこだ？」

「入谷田圃を背にしたところです」

「商売には携わっていないのか」

「はい」

「今の『上総屋』の内儀はそなたの妻女？」

「……はい」

嘉右衛門の返事まで間があった。

「正太郎が『上総屋』に戻れば、母親も戻ってくるのだろうな」

「そうだと思います」

「で、いつ正太郎はここに？」

「今のところ、三月半ばを予定しております」

「そうか。わかった」

剣一郎は立ち上がった。

それから四半刻（三十分）後、剣一郎は入谷田圃の近くにある『上総屋』の寮に来ていた。

寮番の案内で、正太郎の母親のところに行った。

「南町奉行所与力の青柳剣一郎と申す。『上総屋』のことでききたいことがある」

母親と向かい合って、剣一郎は切り出した。

「なんでしょうか」

母親は不安そうな表情を向けた。

「まず、十五年前のことからだ。押込みに遭い、主人と番頭が殺された……」

「はい」

母親は俯（うつむ）いた。

「事件後、『上総屋』は先代の弟の嘉右衛門が継いだのだな」

「当時、伜（せがれ）の正太郎は五歳でした。正太郎が二十歳（はたち）になるまで『上総屋』を守って行くという約束でした」

「その約束は守られそうか」

「はい。嘉右衛門さんとは、正太郎が『上総屋』に戻ってくる段取りについて話し合ってきました」

「どういう話に？」

「正太郎が戻って半年間は嘉右衛門さんが後見として力を貸すことと、番頭の六兵衛はそのまま『上総屋』で働いてもらうということなどです」

「正太郎は薪炭問屋としての仕事を覚えるまで、嘉右衛門の後見が必要であろうな」

剣一郎は理解を示す。

「はい」

さっきから母親の表情は優れない。

「何か、気がかりなことでもあるのか」

「いえ」

返事まで間があった。

「もし、何か心配なことがあるなら話してもらいたい。じつは、わしがここに訪ねてきたのは、正太郎に関わることで気になることがあってな」

「気になること？」

「久米吉という男を知っているか」

「いえ」

「では、卯平という名に心当たりは？」

「知りません」

「うむ」

剣一郎は頷く。

「正太郎に何かあるのでしょうか」

「特に正太郎にというわけではないが、久米吉という男が、正太郎が『上総屋』に戻る日を気にしていたというのだ」

「久米吉というひとが？　どうしてなのでしょうか」

「わからぬ」

「久米吉さんは何も言っていないのですか」

「言っていない」

母親に不安を与えてしまうので、久米吉が殺されたことは口にしなかった。まだ、その死が正太郎の件と関わりがあるかどうかもわからないのだ。

「『上総屋』では、正太郎を迎える準備は万端整っているのか」

「はい。嘉右衛門さんがちゃんと……」

母親の声が途切れた。

「どうした？」

「いえ」

「何か心配ごとがあるのではないか。そのことをそのまま放置して正太郎を迎えて、なんの問題もないのか」

「……………」

「気になることがあれば話すのだ。場合によっては力になろう」

「いえ、そういう問題ではないので」

「そういう問題ではないとは、どういうことだ？」

「商売のことですので」

「ひょっとして、『上総屋』は商売がうまくいっていないのか」

「いえ、嘉右衛門さんの働きで、商売は順調です」

母親ははっきり言った。

「ならば、正太郎は苦労することはないな」

「それが……」

母親は言いよどんだ。

「それが？」

「いえ、なんでも」

　またも、母親は口を閉ざした。

「わしがなぜ、ここにきたかわかるか」

　剣一郎は口調を改めた。

「何もないのに、わざわざそなたに会いにくることはない。もし、何かが起こるかもしれないと予期出来たら、それを未然に防ぐのも我らの役目」

「…………」

「どんな些細なことと思っていても、気になるのであれば話してもらいたい」

「でも」

「そうか。じつは、そなたが不安がると思って言わなかったのだが……」

「えっ？」

　母親は眉根を寄せた。

「正太郎が『上総屋』に戻る日を気にしていた久米吉という男の話をしたな。じつは、その久米吉が殺されたのだ」

「なんですって」

　母親は顔色を変えた。

「もちろん、正太郎の件とはまったく関係ないことで殺されたのかもしれない。しかし、正太郎の前に何度か現われているのも事実。それで、調べているのだ」

「…………」

母親は口をわななかせた。

落ち着くのを待って、

「『上総屋』に何かあるのではないか」

と、剣一郎は穏やかに声をかけた。

「じつは土蔵にお金がないようなのです」

「金がない？」

「ひと月ほど前、『上総屋』に出向いたとき、長くいる手代が、土蔵にお金がないと教えてくれたのです。商売は順調にいっているのに、そんなはずはないと思いましたが、手代が嘘を言うはずはなく、嘉右衛門さんにきいてみました」

母親は険しい顔になって、

「そしたら、さる大名にお金を貸していると。だが、心配はいらないと」

「金を貸している？」

剣一郎は首を傾げた。

「その大名の名は？」

「教えてくれませんでした」

「そのことを知っているのは嘉右衛門だけか」

「あと、番頭さんです」

「六兵衛か」

六兵衛は嘉右衛門の忠実な家来のようなものだ。

「青柳さま。正太郎のまわりで何か起きているのでしょうか」

母親が表情を強張(こわば)らせた。

「まだ、はっきりしたことはわからぬが」

剣一郎は思いついて、

「嘉右衛門の店は本郷にある『風林堂』という文具屋だそうだな」

「はい。高級な品物を扱っているようです」

「商売はうまくいっているのか」

「そのようで、店もだいぶ大きくしたようです」

「そうか」

剣一郎は何か引っ掛かったが、はっきりしたものではなかった。

「最後にひとつ。そなたは『上総屋』の商売に、まったく口出しはしていないのか」

「途中から、口出しはやめました」

「途中というと？」

「嘉右衛門さんに商売を任せて三、四年経ったころからです。どうしても考え方の違いがあって、嘉右衛門さんからやりにくいとはっきり言われたのです。それで、私は引き下がることにしました」

「納得済みのことか」

「はい。その代わり、月に一度、帳簿を見せてもらうことに」

「なるほど。だから、商売は順調にいっているとわかったのだな」

「はい」

「だが、大名貸しをしていることは知らされていなかったのだな」

「はい。お金を貸したことで、新規の大口の客を世話してもらったりして、『上総屋』にとっても大きな利益になっているからと言われました」

「そうか」

おそらく、剣一郎が嘉右衛門に貸付先の大名のことをきいても、大名の名誉のために答えられないと言うに相違ない。

「もし、何か気がかりなことがあったら、なんでもいいから話してもらいたい。自身番に行き、わしに連絡をと言えば通じるようにしておく」

「わかりました」

「邪魔をした」

剣一郎は立ち上がった。

帰り、近くの自身番に寄り、自分への連絡を乞う者がいたら、面倒だが奉行所まで知らせてもらいたいと頼んだ。

その夜、八丁堀の屋敷に太助と京之進がいっしょにやってきた。

「門の前で、植村さまといっしょになりました」

太助が話した。

「ちょうどよかった」

剣一郎は言い、

「では、本郷の嘉右衛門の店のことから聞こう」

と、京之進に声をかけた。

「はっ」

京之進はやや身を乗り出すようにして口を開いた。

「本郷の店は『風林堂』という大きな文具屋です。高級な文具を武家屋敷や寺にも納めているそうです。『上総屋』には正之助（しょうのすけ）と正次郎（しょうじろう）の兄弟がいて、兄の正之助が『上総屋』を継ぎ、弟の正次郎は『風林堂』に養子に入ったということです。ところが、十五年前に、押込みに入られ、正之助が命を落とし、弟の正次郎が『上総屋』に戻って、正之助の子の正太郎が二十歳になるまでの約束で、お店を守っていくということになったそうです。それで、『上総屋』の代々の当主名の嘉右衛門を今は名乗っていると」

『上総屋』の親戚から聞いてきた話をし、京之進はさらに続けた。

「問題の『風林堂』ですが、今の主人は嘉右衛門の妻女です」

「なに、嘉右衛門の妻女だと？　番頭が店を任されているのではないのか」

「いえ、実際のところは妻女が仕切っているそうです」

「では、『上総屋』にいるのは？」

「嘉右衛門の妾（めかけ）のようです」

「妾となｰ。そうは言っていなかったが」

剣一郎は首を傾げ、

「だとすると、正太郎が戻ってきて、嘉右衛門は『風林堂』に帰れるのか」

嘉右衛門の妻女が『風林堂』をちゃんと守っているなら、嘉右衛門の帰る場所はないように思えるが……。

やはり、嘉右衛門にとっては、正太郎が『上総屋』に戻ることは歓迎せざることではないのか。

「どうも嘉右衛門と妻女の関係がわかりません。嘉右衛門はときたま『風林堂』にやってきているようなんです。まるで、妾のところに通うように」

「妾といっしょに暮らし、本妻のところに通っているというわけか」

「ええ」

「いずれにしろ、嘉右衛門にしたら正太郎には帰ってきてもらいたくないのが本音かもしれぬな」

「はい」

「わからないのは久米吉のことだ。正太郎に『上総屋』に帰る日が決まったかきいていたのだ。なぜ、そんなことをきくのか」

剣一郎が疑問を口にしたが、京之進は続けて、

「それから寅吉のことですが、十七日の夜、長介と張り合っている水茶屋の女のところに行っていたことがわかりました。長介の手前、口に出せなかったそうです」

「久米吉殺しに寅吉は無関係か」

剣一郎は眉根を寄せてから、

「正太郎のことで何かわかったか」

と、太助に顔を向けた。

「いえ。ただ、正太郎は悩んでいるようでした。きいたら、自分は『上総屋』に戻っていいのだろうかと」

「正太郎がそんなことを?」

「はい。久米吉が殺されたことが気になっているようです」

「やはり、正太郎は嘉右衛門に歓迎されていないことを敏感に嗅ぎとっているのかもしれぬな」

剣一郎はいたましく思った。

だが、久米吉が殺されたことと、正太郎が『上総屋』に戻る件が関わっているかどうかわからない。

もし関係ないとしたら、『上総屋』の件は奉行所が調べる根拠がないことになる。剣一郎が思い込みから勝手に動き回っているだけということに……。

これまでの『上総屋』と正太郎に関わる探索に、向島の幸助と名乗っていた卯平のことは出てこない。卯平と久米吉。久米吉と正太郎。つながりはこれだけだが、久米吉は正太郎に『上総屋』に戻る時期をきいていたのだ。

やはり、卯平も何らかの形で『上総屋』に絡んでいるのだろうか。剣一郎は考え込んでいた。

三

翌朝、剣一郎は池之端仲町の『上総屋』を訪れ、客間で嘉右衛門と差し向かいになった。嘉右衛門は柔和な顔にそぐわない厳しい目で、剣一郎が切り出すのを待っていた。

「また、確かめたいことがあってな」

剣一郎は切り出す。

「本郷の店のことだが、そなたは番頭に任せていると言ったな。だが、そなたの妻女が女主人として……」

「青柳さま」

嘉右衛門がすぐに口をはさんだ。

「家内はあくまで建前だけで、実質権限を持って店を守っているのは番頭なのです。そういう意味で、申し上げたのです」

「ここにいる内儀はどういう関係だ？」

「じつは……」

嘉右衛門は言いよどんでから、

「私が面倒を見ていた女です」

と、打ち明けた。

「妾か」

「はい」

「妾を内儀にしているわけだな」

「さようでございます」

「妻女との仲はどうなのだ？　妾を引き入れているところをみると、うまくいっていないように思えるが」

剣一郎は嘉右衛門の表情を窺う。

「いえ、家内と妾は仲がよいので」

「仲がよい？　つまり、妻女はそなたが妾を持つことを認めているということか」

「はい」

「しかし、この十五年間、そなたと妻女は別居しているわけだ。夫婦としての体はなしていないのではないか」

剣一郎は疑問を呈する。

「いえ、お互いよく行き来していますので」

嘉右衛門は答えてから、

「失礼ですが、青柳さま。これは私どもの内々のことでございます。他人さまからとやかく言われる筋合いはないと思うのですが」

と、異を唱えた。

「確かにそなたの言うとおりだ」

剣一郎は認めてから、

「だが、そうなるとちと気になるのだ」

と、口調を変えた。

「………」

「正太郎が帰ってきたとき、そなたと妾は『上総屋』を去ることになるな。では、ふたりはどこに行くのだ?」

剣一郎は鋭くきく。

「本郷の店に戻ります」

「しかし、『風林堂』は今のままで十分にうまくいっているようではないか。そこに、そなたが入り込む余地があるのか」

「ですから、番頭には出店を持たせようかと」

「妻女はそなたの妾も受け入れるつもりなのか」

「さようで。それが、最初からの約束ですから」

「では、正太郎を『上総屋』に迎え入れることは決まっているということだな」

「そうです」

「万が一、正太郎の身に何かあったら、どうするんだ?」

「と、仰いますと?」

「仮の話だ。正太郎が事故や急病で『上総屋』に戻れなくなったら、そなたはどうするのだ？」

「そのようなことは考えておりません」

「もし、そうなったら、『上総屋』に残ることも考えられるのだな」

「考えたこともありません。私の役目はあくまでも、『上総屋』を正太郎に引き渡すことだけですから」

「なるほど。何がなんでも『上総屋』にしがみつくということはないのだな」

「そうです」

「本郷の店を任されている番頭のことだが……」

剣一郎はおもむろに切り出す。

「そなたが戻った暁には、出店を持たせるという考えだと言ったが、番頭はそれで満足すると思うか」

「どういうことでしょうか」

「店は大きくなったそうではないか。番頭は自分の力で大きくしたと思っているだろう。その店を追い出されることを素直に受け入れるだろうか」

「店が大きくなったのは何も番頭だけの力ではありません。家内もいろいろ手を貸していますから」

「最前、実質権限を持って店を守っているのは番頭だと言っていたではないか。番頭は自分の力だと思っているはずだ。違うか」

剣一郎は矛盾をついた。

「そうですが、家内もいろいろなところで……」

「つまり、妻女も商売には関わっているということか」

「……はい」

返事まで、間があった。

「番頭が主人というわけではないのだな」

「いえ、あくまでも番頭が中心となって……」

「どうなのだ？『風林堂』の主人は番頭か、それとも妻女か」

「ですから番頭です。なぜ、そのようなことにこだわるのですか」

「十五年間も自分が守ってきた店を、手放せるのだろうかと思ってな」

「そこまで思い上がる男ではありませんので」

嘉右衛門は強い口調で言った。

「しかし、わからんではないか。自分が店を大きくしたと思えば、手放したくなくなるかもしれない。つまり」

剣一郎はわざと言葉を切り、

「正太郎さえいなくなればと……」

「ばかな」

嘉右衛門は叫ぶように、

「それは言い過ぎです。青柳さまともあろうお方がそのような疑いを持つなんて」

「ところで、久米吉という男を知っているか」

「いえ」

「『松島屋』に顔を出し、正太郎にいつ『上総屋』に戻るかときいていた男だ。その男が先日殺された」

「……………」

「久米吉は正太郎が『上総屋』に戻る日を気にしていたのだ。なぜ、そんなことを気にしていたのか。そもそも、正太郎とのつながりはないのだ」

剣一郎は嘉右衛門の顔を見つめる。

「私には何のことかわかりません」

「それから、もうひとつ」

と、剣一郎は口調を和らげ、

「どこぞの大名に金を貸しているようだな」

と、切り出した。

「……はい」

「どこの大名家だ？」

「ご勘弁ください。その御家の名誉に関わるやもしれませんので」

「『上総屋』から金を借りていることが名誉に関わるのか」

「他言しないように言われていますので」

「いくら貸しているのだ？」

「一千両です」

「そのことを先代の内儀にも話さなかったのはなぜだ？」

「言う必要はないと思いまして」

「内儀から問われても、大名家の名も告げなかったようだが」

「話しても仕方ありませんから」

「そうか。で、正太郎には話すのだろうな」

剣一郎は確かめる。

「もちろんです」

「返済はいつなのだ？」

「まだ、先です」

「ほんとうに金は返ってくるのか」

「それは大名家の問題ですので」

「ということは、貸した金が返ってこないかもしれないと思っているのか」

「いえ、そういうわけでは……」

「三月半ばということだったが、正太郎が帰る日はいつ決まるのだ？」

「数日のうちに、正太郎が『上総屋』の寮に母親を訪ねます。私も同席をし、日時を決めることになっています」

「入谷の寮か」

「はい」

「わかった。いろいろきいてすまなかった。何事にも疑いを向けるのが我らの仕事でもある」

そう言い、剣一郎は腰を上げた。

それから四半刻（三十分）余り後、剣一郎は古着屋『松島屋』の客間で、主人と向かい合っていた。

「『上総屋』の先代と親しかったそうだが」

剣一郎はきいた。

「はい。知人を介して知り合ってから親しくしていました。ですから、殺されたと聞いたとき、足が竦（すく）んで立っていられないほどでした」

そのときのことを思いだしたように、松島屋は暗い顔をした。

「正太郎を預かることになった経緯は？」

「もともと、修業のためにうちに奉公することが決まっていたのです。ですから、生前の約束どおりに」

「『上総屋』の新しい当主になった嘉右衛門とも話し合ったのか」

「はい。嘉右衛門さんと正太郎の母親、それに『上総屋』さんの親戚の代表、そして、私と正太郎で会い、正太郎が二十歳になったときに『上総屋』に帰すという約束を確認しました」

「なるほど。『上総屋』の親戚も話し合いに加わっていたのだな」

「そうです」

「で、その親戚は今も健在か」

「いえ、一昨年、お亡くなりになりました」

「そうか」

剣一郎は頷き、

「で、今年、正太郎は二十歳になったわけだが、なぜ帰るのが、年明けではなく、三月半ばになったのだな」

「当初は新年早々に帰ることになっていたのですが、去年の暮れに嘉右衛門さんのほうから、新しい門出には桜が花開いたときのほうが縁起がいいのではないかという申し入れがあり、三月半ばということで話し合いがつきました」

松島屋は説明した。

「正太郎はどうなのだ？『上総屋』を守っていけそうか」

「はい。正太郎ならいい主人になりましょう」

松島屋は言い切った。

「正太郎の様子はどうだ」

「それがもう、張り切っております。ただし、三月までは自分は『松島屋』に奉公している身だからといって、『上総屋』の帳簿を見たりなどの下準備もしていません」

太助からは正太郎が悩んでいるようだと聞いていたが、松島屋の前ではそう振る舞っているだけだろうか。

「そうか。妙なことをきくが、正太郎が『上総屋』に戻るのを阻止したいというような動きはないか」

剣一郎はさりげなくきいた。

「阻止ですか」

「うむ、正太郎が『上総屋』に戻るのを困ると思う者がいないのかとな」

「………」

松島屋からすぐに返事がなかった。

「何か」

剣一郎は松島屋の沈黙が気になった。

「いえ、そんな者はいないでしょうが……」

なんとなく、歯切れが悪い。

「思ったことを何でも話してもらいたい。決して、他人には言わぬ」

「はい」

松島屋は微かに表情を曇らせて、

「関係ないことだとは思うのですが、去年の十二月のはじめごろ、私と正太郎が木場の材木問屋に品物を届けに行った帰り、材木置場の材木が音を立てて倒れ、危うく私たちが巻き添えになるところでした」

「原因は？」

「わかりませんでした。それから、十二月の半ばごろ、正太郎が使いの帰り、店の近くで勢いよく走ってきた大八車とぶつかりそうになったらしいのです」

「大八車と？」

「はい。正太郎はとっさに横っ跳びに逃れて難を免れたそうです。大八車はそのまま走り去ったといいます」

「二度か」

「たまたまでしょうが、正太郎が『上総屋』に戻るのを困ると思う者がいないかという問いかけを聞いて、その二件のことを思いだしました」

「うむ」

二件とも正太郎を狙ったものだと言い切れないが、かといって否定も出来ない。

「当初は新年早々に帰ることになっていたのに、去年の暮れに嘉右衛門のほうから、桜が花開いたときにという申し入れがあったということだが、その二件の事故のあとだな」

「そうです」

松島屋は不安そうな顔で頷いた。

「すまぬが、正太郎を呼んでもらえぬか」

「わかりました」

松島屋は手を叩いた。

廊下に足音がして、障子の向こうから女中の声がした。

「お呼びでしょうか」

「正太郎を呼んでおくれ」

松島屋が声をかける。

「畏(かしこ)まりました」

女中が去る足音がした。

「正太郎とふたりきりのほうがよろしいでしょうか」

松島屋がきく。

「そうしてもらおうか」

「わかりました」

再び、廊下に足音がして、部屋の前で止まった。

「正太郎です」

「お入り」

「失礼いたします」

障子を開けて、正太郎が入ってきた。

「青柳さまがききたいことがあるそうだ。では、私は」

松島屋は腰を上げ、部屋を出て行った。

「去年の十二月はじめと半ばごろに、二度危ない目に遭ったそうだな」

剣一郎は切り出す。

「はい」

そのときのことを思いだしたのか、正太郎の顔が強張った。

「最初は材木置場の材木が倒れてきて……」

「で、二度目は？」

「疾走してきた大八車が私のほうに突っ込んできたんです。何かおかしいと思って近づいてくる大八車を見ていたので、間一髪のところで逃れました」

「その後は？」

「ありません」

「二度も不審なことがあり、なぜかと思わなかったか」

「…………」

　正太郎は俯いた。

「何か感じ取ったのだな？」

「はい。二度とも、私を狙ったものではないかと思いました。でも、証はないので、騒ぐことはしませんでしたが」

「誰の仕業だと思ったのだ？」

「わかりません。私が『上総屋』に戻るのを快く思わない者がいるのかとも考えたのですが、『上総屋』にいる叔父も、歓迎してくれているようですし、私の思い過ごしかと」

「そうか」

　嘉右衛門のことを疑っていないようだ。

「ただ、用心するに越したことはない。何か気になることがあれば、遠慮なく言

「ありがとうございます」

正太郎はどこか屈託があるようだった。『上総屋』を引き継ぐという新しい門出が迫っているというのに、何が正太郎の表情を曇らせているのか。

「正太郎、どうかしたか」

「えっ？」

「何か心配ごとでもあるのか」

「いえ、そうではありません」

正太郎は俯いた。

「ひょっとして、『上総屋』に戻ることに不安があるのか」

「いえ、不安はありません。ただ」

正太郎は顔を上げ、

「小僧のときから朝から晩まで働き詰めでいっしょに苦労してきた仲間を出し抜き、自分だけが奉公人からいっきに『上総屋』の主人になる。朋輩たちのことを思うと、複雑な気持ちになって」

そんなことを悩んでいたのかと、剣一郎は真顔になり、

「ひとはそれぞれ定めをもって生まれてきた。そなたは『上総屋』に生を享(う)けた。不慮の死を遂げた父親に代わり、『上総屋』を守っていくのはそなたに与えられた役目だ。『上総屋』には多くの奉公人もいよう。『上総屋』を頼りにしているたくさんの客もいる。そういうひとたちのためにも、そなたが『上総屋』を引っ張っていかねばならぬのだ。その役割をそなたは担っているのだ。それは『松島屋』で奉公していた以上の苦労があるに違いない。そこから逃げてはだめだ。堂々と、自分の定めをまっとうするのだ。亡くなった父親のためにも」

話しているうちに、正太郎の顔に生気が蘇(よみがえ)っていた。

「青柳さま。わかりました。おかげで迷いが晴れました」

正太郎はいきいきとした口調で『上総屋』に戻る決意を語った。

四

その日の夕方、宗次は斜交(はすか)いにある下駄問屋の脇から古着屋の『松島屋』の店先に目をやっていた。また客が入って行き、別の客が出て行った。奉公人が客を見送っている。

ここに立ってから四半刻（三十分）後、店から女の客が出てきて、手代ふうの若い男が見送ろうとしている。

十蔵が口を開いた。

「あの男だ」

宗次は改めて手代を見つめる。二十歳ぐらいの、色白で細身の男だ。目鼻だちが整っている。

「あれが正太郎だ」

「あの男を殺るのか」

宗次はきいた。

もっと、手ごわそうな相手が狙いだと思っていたので意外だった。

「なぜ、あんな男を？」

「わけは知らなくていい」

十蔵は突き放すように言う。

「いつやるんだ？」

「数日後、正太郎は入谷に出かけるはずだ。そのときだ」

正太郎は深々と腰を折って女の客を見送り、店に戻った。

「顔を覚えたな」

「ああ」

「怪しまれないうちに引き上げよう」

十蔵は浜町堀のほうに歩きだした。辺りは薄暗くなってきた。

宗次は顔を俯け、他人の目に気をつけた。今は昼間は歩き回らないようにしている。岡っ引きの伝蔵や、八田の久作の子分丹造らだけでなく、石原町の『大福屋』の番頭春蔵の手の者が血眼になって捜しているのだ。追い詰められた形だが、宗次にとってはある意味、都合はよかった。

宗次の命を狙っている者がいることで、顔の潰れた桜吹雪の彫り物の男が宗次だと信じてもらいやすい。

浜町堀にやって来た。暮六つ（午後六時）の鐘が鳴りはじめた。

「誰から身を避けているんだ？」

いきなり、十蔵がきいた。

「えっ？」

宗次は驚いてきき返す。

「ひととすれ違うとき、いつも顔を背けている」

「町方じゃねえだろうな」

十蔵は厳しい目を向けた。

「いや」

「正太郎を殺る前に、おめえの身に何かあったら困るからな」

「心配はいらねえ」

「それならいいが」

「だいじょうぶだ」

俺の狙いはおめえだと内心で呟き、

「正太郎を殺ったあと、俺は江戸を離れる」

と、十蔵を安心させるように言う。

「江戸を離れることが出来るのか」

十蔵がきいた。

「じつは俺は江戸にいられねえ身なんだ」

宗次は正直に言う。

「何かしたのか」

「…………」

「喧嘩で、江戸十里四方御構だ」

「そうか。そいつは好都合だ」

「いいか。俺は江戸を離れる。だからといって、もうおせんさんに近づくな」

「俺も男だ。おめえがちゃんと正太郎を殺ってくれたらおせんには近づかねえ」

十蔵は厳しい顔で言う。

「信じよう」

心と裏腹に言う。

この男はおせんから離れるはずない。大切な金蔓(かねづる)と思っているに違いない。だが、おめえは二度とおせんに会うことは叶わないはずだ、と宗次はほくそ笑(え)んだ。

「じゃあ、また」

高砂町のお秀の家に向かった十蔵と別れ、宗次は堀沿いを大川に向かった。

新大橋を渡り、本所一つ目方面に曲がった。

宗次は一つ目弁天の裏に出て、用心深く辺りを見回しながら竪川のほうからまわって、『弁天家』に近づいた。店先に、おせんはいなかった。

頭に手拭いを被(かぶ)り、宗次は『弁天家』に入っていった。

土間に立って、手拭いを外し、

「おせんさんは？」

と、遣り手婆にきいた。

「すみませんね。今、お客さんが」

「客？」

宗次は戸惑った。

「ちょっとお待ちを」

遣り手婆が階段を上がっていった。

すぐに下りてきて、

「待っていてくれとのことです。奥の部屋でお待ちになってくださいな」

「いや。また出直す」

宗次は言う。

「五つ半（午後九時）ならだいじょうぶですよ。おせんは待っていますからね」

二階の部屋でおせんが抱き合っているのを階下で待っていられないと、宗次は柄になく嫉妬混じりに内心で吐き捨て、『弁天家』を出た。

辺りを見回す。不審なひと影はない。

宗次は竪川に架かる一ノ橋の手前を右に折れ、竪川沿いを二ノ橋のほうに歩いた。

橋の近くに呑み屋の提灯が見えたので戸口に立った。縄暖簾をかき分け、戸を開けて中を覗いた。

日傭取りらしいふたり連れと、職人体のふたり連れが小上がりにいるだけだった。宗次は店に入った。

宗次は小上がりの戸口に近い場所に、戸口に背中を向けて座った。

酒を注文し、手酌で呑みはじめた。おせんに客がついているとは考えもしなかった。いつしか、自分だけの女のように錯覚をしていたようだ。

いよいよ企みを実行する日が近づいた。あと数日以内だ。この数日間を乗り切れば、自分は別人として生きていけるのだ。

岡っ引きの伝蔵が宗次を追っているが、奉行所を挙げてではない。江戸十里四方御構の者で旅の途中でなら江戸に立ち寄ったとも考えられる。重罪人を追っているというわけではないので、人相書はまわっていない。

八田の久作の子分丹造もまだ江戸にいて捜しているかもしれないが、一味は四、五人だ。『大福屋』の番頭春蔵の手の者にしても、ひとりかふたりだろう。

せいぜい十人足らずの男が広い江戸を捜し回っているだけだ。

酒が入って、気が大きくなった。きっとうまくいくはずだと思った。

半刻（一時間）ほど経って、宗次は居酒屋を出た。

夜風が心地よい。月は出ていないが、星が光っていた。

来た道を逆に、竪川に沿って一ノ橋のほうに向かう。やっとおせんに会える。

そのとき、前方に黒い影が現われ、宗次は立ちどまった。大柄な浪人だ。黒い布で顔を覆（おお）っていた。背後から足音が迫った。振り返ると、ふたりの浪人が近づいてきた。ひとりは細身で、もうひとりは小肥りだ。ふたりも黒い布で顔を覆っている。

大柄な浪人が抜刀した。背後でも、刀を抜く気配がした。

「誰でえ」

宗次は川っぷちに下がって怒鳴った。

「『大福屋』から奪った金を返してもらおう」

「やっぱり、あの番頭の差し金か」

宗次は身構えた。

浪人は剣先を目の前に突き付け、

「金を返すか、命を差し出すか」

と、くぐもった声で迫った。

「金はもうない」

宗次は訴える。

「では、命をもらうしかないな」

浪人が剣を脇に構え直した隙をとらえ、左手にいた細身の浪人に向かって宗次は突進した。あっと叫んで浪人は体勢を崩した。

宗次はそのまま突っ走ろうとした。だが、少し離れて立っていた、もうひとりの小肥りの浪人が足をかけた。宗次はあわてて足を上げてよけたが、体がよろけた。

立ち直ったとき、すでに三人の剣が迫っていた。

「逃げられぬ」

大柄な浪人が言う。

「金で雇われたのか」

宗次は怒鳴る。

「観念しろ」

浪人が剣を振りかざした。

「待て」

闇を裂き、鋭い声が轟いた。その気合いに驚いたように、浪人の振りかざした剣の動きが止まった。

浪人は一斉に声のほうを見た。宗次も目を向ける。

編笠の侍がゆっくり近づいてきた。

「強盗か」

編笠の侍が言う。

「邪魔だ。失せろ」

大柄な浪人が叫ぶ。

「そうはいかぬ」

「おのれ」

いきなり大柄な浪人が編笠の侍に斬りつけた。

侍は抜刀して相手の剣をはね上げた。大柄な浪人は、もう一度上段から斬り込む。侍はまたも軽く弾き、

「どうやら、強盗ではないようだな」

編笠の侍は冷静に言う。

他のふたりの浪人は編笠の侍の背後にまわった。

「後ろに」

宗次は大声で叫んだ。

その声と同時に細身の浪人が編笠の侍に斬りつけた。侍はまるで後ろに目があるように身を翻(ひるがえ)し、相手の肩に峰打ちを食らわせた。

細身の浪人はうめき声を発してその場にくずおれた。すかさず小肥りの男も斬りかかったが、利き腕を峰打ちにされて剣を落とした。

大柄な浪人が裂帛(れっぱく)の気合いで編笠の侍に向かっていった。だが、脾腹(ひばら)を打たれて、前のめりに倒れた。

三人の浪人がうずくまったのを見て、宗次は鬼神のような編笠の侍に頭を下げて、いきなり駆け出した。

誰だか知らないが、いろいろきかれるかもしれないと思い、逃げだしたのだ。

一ノ橋の袂(たもと)で振り返ったが、編笠の侍は追ってこなかった。

深呼吸をして気持ちを鎮(しず)め、宗次は『弁天家』に向かった。

宗次の顔を見て、おせんは安堵したように手をひっぱり、二階の小部屋に上がった。

「どうしたんだ？」

宗次はきいた。

「さっきの客よ」

「さっきの？　俺がきたとき、二階にいた客のことか」

「ええ、ここのところ毎日のようにきているの」

「なんだって」

「さっき宗次さんが帰っていったとき、そのお客がすぐに引き上げたの。宗次さんのあとを追っていったみたいだったわ」

「そうか」

春蔵の手の者だ。あとをつけられたのだ。居酒屋に入っている間に、浪人を呼びにいったのだ。

「なんて奴らだ」

宗次は吐き捨てた。

それにしても、助けてくれた編笠の侍はどこの誰だろうか。命の恩人なのに、満足に礼も言わず逃げてきてしまった。

そのことに忸怩たる思いに駆られていた。

五

会釈をしただけで、逃げるように去っていった男を見送ったあと、剣一郎はうずくまっている三人の浪人のそばに立った。

「まず、顔を見せてもらおう」

剣一郎は三人に言う。

三人は渋々黒い布をとった。いずれもいかつい顔が現われた。

「そなたたちの名は？」

「………」

浪人たちは答えようとしない。隙あらば、近くに落ちている刀をつかんで襲いかかろうとしているようで、目がちらちら刀に向いている。

「もう一度きく。名は？」

「通りがかりの者に喋る謂れはない」

大柄な浪人が吐き捨てる。

「あるのだ」

剣一郎は言い、編笠をとって、

「わしは南町奉行所与力の青柳剣一郎である」

と、名乗った。

あっと三人は叫んだ。

「ひとりの男を三人で襲撃していたことを見逃すわけにはいかぬ。改めてきく、名は？」

「頼まれて痛い目に遭わせようとしただけだ」

浪人は哀願し、

「二度とこのようなことはしない。どうかお見逃しを」

「どうしても名を言いたくないのか」

「…………」

「まあいい。あの男は何者だ？」

「知らない。ただ、あの男を痛めつけるようにと」

「殺そうとしたのではないか」

「いや、そこまでは」

浪人は言い逃れようとした。

自身番に連れていくことも考えたが、肝心(かんじん)の襲撃された男がいなくなってしまってはどうしようもない。

「誰に頼まれたのだ?」

「…………」

「また、だんまりか。あくまでもしらを切り通すなら、自身番にて」

「本所石原町の『大福屋』の手代からだ」

「『大福屋』の手代がなぜ?」

「『大福屋』の番頭があの男に三十両を脅(おど)し取られたそうだ。その仕返しだ。詳(くわ)しいことはわからぬ」

大柄な浪人は訴えるように言う。

「偽りではないな」

「そうだ」

「わしはそなたたちの顔を覚えた。もし、偽りなら、必ず見つけ出す」

剣一郎は脅した。

「ほんとうだ」

細身の浪人がはっきり応じる。

「しかし、それにしては遊び人ふうの男ひとりに三人掛かりは少し大仰ではないのか」

「あの男は腕力があり、喧嘩が強い。だから、三人でかかってもらうと」

「手代は、男の居場所を知っていたのか」

「あとをつけていた。さっき、俺の住まいにやってきて、今二ノ橋の近くにある居酒屋で標的の男が呑んでいるからと」

「それで、待ち伏せていたというわけか」

「そうだ」

「わかった。もう二度とこのような真似はするな。もし、同じようなことをしたら、罪はさらに重くなる。よいな」

「わかりました」

「では、行ってよい」

「ありがとうございます」

三人の浪人は礼を言い、立ち去って行った。

剣一郎はその足で石原町に向かった。

星明かりに、『大福屋』の屋根看板が見えた。すでに表戸は閉まっている。

剣一郎は潜り戸を叩いた。

「ごめん。南町の者だ」

剣一郎が呼びかけると、ようやく戸が開いて、番頭らしい男が顔を出した。

「南町の青柳剣一郎である。夜分ながら、訊ねたいことがあってきた」

剣一郎は切り出す。

「青柳さま」

男はうろたえた。

「遊び人ふうの男が三人の浪人に襲われた。そのことできききたい」

剣一郎が言うと、男は硬直したようになった。

それから深呼吸をして、

「どうぞ」

と、男は土間に引き入れた。

「そなたは?」

「番頭の春蔵です」

「手代はいるか」

「おります」

「呼んでもらおうか」

「青柳さま」

　春蔵は真顔になって、

「少し前に、手代が血相を変えて帰ってきました。失敗したと」

と、覚悟を決めたように言う。

「浪人を雇って、遊び人ふうの男を襲わせたことを認めるのか」

「はい」

　春蔵は素直に頷いた。

「わけをきこう」

「はい。あの男は木場の材木問屋の筏師をしていた宗次という男です。三年前の向島の花見で、酔っぱらって花見客の娘に無体なことをして、それを止めに入ったひとを殴って怪我をさせたのです。私がそれを見ていて証言し、宗次は江戸十里四方御構になったのです」

「江戸を追われた男だというのか」

「はい。ところが、先日いきなりここに現われ、私に匕首を突き付け、三年前の礼にきた。命が惜しければ金を出せと」

　春蔵は忌ま忌ましげに、

「三十両をとられました」

　と、唇を噛んだ。

「その三十両を取り返し、痛い目に遭わせようとして、客としてときたまやってくる浪人の旦那につい……」

「殺すように命じたのか」

「とんでもない。三十両を取り返してくれと。それがだめなら痛めつけて欲しい。それだけです」

「なぜ、町役人に訴えず、自分で始末しようとしたのだ？」

「それは……」

「それは？」

「訴えても無駄かと」

「なぜだ？」

「江戸を追われた男が現われたと訴えても信じてくれるかと……」

「なぜ、そう考えたのだ？」

「ですから江戸にいるはずのない男ですから」

強引な言い訳に思えた。

「花見の件は間違いないのか」

剣一郎は確かめた。

「はい。伝蔵という親分にきいてくだされば」

「あいわかった」

剣一郎は改めて、

「手代を呼んでもらおう」

と、催促した。

「はい」

春蔵が奥に向かって声をかけると、すぐに二十五、六の男がやってきた。

「そなたが、宗次の住まいを突き止めたのか」

「いえ、住まいじゃありません。私が突き止めたのは宗次がよく行く女郎屋です。今夜も宗次の敵娼（あいかた）のところに行き、やって来るのを待っていたんです」

「女郎屋はどこだ？」

「一つ目弁天前の『弁天家』という店です。宗次の敵娼はおせんです」

「そうか」

宗次は一ノ橋のほうに駆けて行ったが、おそらくおせんのところに行ったのかもしれない。

「今回は宗次に怪我もなく、それより宗次が逃げてしまい、そなたたちの振る舞いを明らかにする証もないので不問にする。今後、このような真似をするではない」

「恐れ入ります」

春蔵は頭を下げた。

「ただ、宗次が三十両を脅し取ったとしたら見過ごしには出来ぬ。調べてみよう」

「よろしくお願いします」

「今夜は遅いゆえ、これで引き上げる。何かあったら、またききにくる」

「はい」

『大福屋』を出て、剣一郎は夜道を八丁堀まで帰った。

翌朝、髪結いが引き上げたあと、庭先に太助が立った。

「青柳さま」

太助が泣きそうな顔をした。

「どうした？」

剣一郎は訝ってきいた。

「心配しました」

「心配？　昨夜のことか」

「はい。四つ（午後十時）までお待ちしたのですが。奉行所から戻ってすぐ向島に出かけたと多恵さまから聞いてはいましたが、あまりにも帰りが遅いので」

「すまなかった」

剣一郎は謝った。

「いえ、でも何かあったのですか」

「向島からの帰り、遊び人ふうの男が三人の浪人に襲われていた……」

剣一郎は昨夜のことを話した。

そもそも剣一郎が向島に行ったのは、真下治五郎からの使いがきたからだ。かつて、治五郎から使いが来たことはないのでなにごとかと、奉行所から帰ったばかりだったが、ひとりで出かけたのだ。

治五郎の家に行くと、治五郎が困惑しながら、

「幸助どのが急に向島を去ったのだ。その挨拶にきたが、行き先は言わなかった。お会い出来たことに感謝しているなど、もう二度と会うことはないような言い方だった。気になってな。青柳どのにもいちおう知らせておこうと思って」

と、語った。

すぐ治五郎の家を辞去し、剣一郎は新梅屋敷の近くにある幸助こと卯平の家を訪ねたが、やはりいなかった。

その帰りに、例の騒ぎに遭遇したのだ。

「じゃあ、その宗次って男は江戸十里四方御構になっているという弱みがあるので、逃げてしまったんですね」

「おそらく、『弁天家』のおせんという女子のところに行ったのだろう」

「泊まったとしても、朝早くに『弁天家』を出てしまったでしょうね」

「『大福屋』の番頭の言い分も納得しがたい。宗次を捜す前に、三年前のことで岡っ引きの伝蔵から話を聞きたい」

剣一郎は卯平がどこに行ったのかを気にしながら、宗次のことも捨ててはおけないと思った。

その日の昼過ぎ、剣一郎は本所横網町の自身番で岡っ引きの伝蔵を待った。

本所深川を縄張りとしている定町廻り同心といっしょに町廻りに出ている伝蔵を、太助が捜しに行っている。

四半刻（三十分）後、太助が小肥りの岡っ引きを伴い、自身番にやってきた。

「青柳さま。伝蔵親分です」

太助が引き合わせた。

「伝蔵です。桜吹雪の宗次のことだそうで」

いかつい顔の伝蔵がきいた。

「桜吹雪の宗次という異名があるのか」

「へえ。背中一面に桜吹雪の彫り物があるんです。奴は木場の筏師でした」

「三年前の花見での件を話してもらいたい」

「へい」

伝蔵の話は春蔵の説明と変わりはなかった。

「宗次は素直に認めたのか」

「いえ」

「なんと言っていたのだ？」

「本所の御家人が娘にちょっかいをかけたので、侍を殴ったと言いました。でも、『大福屋』の春蔵が見てましたから」

「宗次は御家人が娘にちょっかいをかけたと言ったのだな」

「へえ、言い逃れです」

「本所の御家人とは誰だ？」

「へえ……」

「誰だ？」

「本所の狼って恐れられていた三人組です」

いちおうその名を聞いたが、この三人から事実を聞きだすのは難しいと思った。

「娘の名は？」

「おまちといい、亀沢町（かめざわちょう）にある下駄屋の娘です。家族と奉公人と来ていました」

「宗次の言い分と、御家人の言い分は食い違っていたが、御家人のほうが信用出来たのだな」

「へえ。春蔵以外にも目撃者はいましたから」

伝蔵ははっきりと答える。

「肝心の娘はなんと言っているのだ?」

「それがよく思い出せないと」

「覚えてない?」

「はい。あまりの恐怖に頭が混乱してしまったのではないかと」

「娘の他に証言した者は?」

「父親もいましたが、宗次がちょっかいをかけたと言ってました」

「そうか」

剣一郎は首を傾げた。

「宗次は仲間と花見に来ていたのだな」

「へえ」

「仲間の名を覚えているか」

「確か、音松っていう男です」

「音松か」

「青柳さま。宗次が何か？」

伝蔵が厳しい顔できく。

「『大福屋』の春蔵を脅して三十両を奪ったそうだ」

「なんですって。そんな訴えは聞いていません」

「江戸を追われた男が現われたと訴えても信じてくれないと思ったようで、春蔵は自分で始末をつけようとしたのだ」

浪人を雇って宗次を襲わせた話をした。

「そうでしたかえ。じつは今月はじめに、宗次らしき男を見かけたことがあるんです。旅装ではないし、おかしいと思ってあとを尾けたのですが、一つ目弁天近くで見失いました」

伝蔵はさらに続ける。

「その次の日、上州から博徒の丹造という男があっしを訪ねてきました。親分の八田の久作が宗次に殺されたそうです。それで、宗次を追って江戸に」

「それはまことか」

「はい。丹造はそう言い、宗次を捜す手助けをして欲しいと」

「そなたは丹造を知っていたのか」

「以前、探索で上州にいったとき、八田の久作親分に世話になったことがあって、丹造とも顔見知りでした」

伝蔵は説明し、

「でも、今まで捜したのですが、見つかりませんでした」

「で、丹造たちは？」

「見つけ出せず、諦めて上州に帰りました。親分のいなくなった縄張りが心配だそうで」

「いやにあっさり引き上げたな。親分が殺されたのだ。地べたを這いつくばっても仇を討つのが忠実な子分だと思うが」

剣一郎は腑に落ちず、

「御代官手付から奉行所に探索の依頼は来ていないようだが」

「たぶん、代官所では、宗次の仕業だとわかっていないのでは」

「うむ」

剣一郎は考え込んだが、

「よし、わかった」

と言い、話を切り上げた。

半刻（一時間）後、剣一郎と太助は木場の三好町にやってきた。音松が働く材木問屋に顔を出し、音松を呼んでもらった。

音松が川からやってきた。二十七、八歳の男だ。

「音松か」

剣一郎はきいた。

「へい」

音松は軽く頭を下げる。

「宗次についてききたい」

「宗次兄いに何か」

音松はあわてたようにきいた。

「宗次は江戸に戻っているのか」

「いえ、知りません」

音松は否定する。

「ほんとうか」

「はい」

音松の目が微かに泳いだ。

「もし、宗次が江戸に戻ったら、そなたの前に現われるか」

「…………」

「どうだ？」

「へえ、そうかもしれません」

宗次に会っている。剣一郎はそう感じたが、あえて追及せずに、

「三年前、宗次は向島での花見のとき、娘に言い寄ったのを本所の御家人に咎められ……」

「違います。逆です」

剣一郎の言葉を遮って、音松が叫んだ。

「逆？」

「ええ、近くで家族や奉公人と花見をしていた娘に、本所の狼と名乗る侍が無体なことをしたんです。で、あっしが見かねて、止めに入ったんです、そしたら、侍のひとりがあっしに斬りかかってきて。それを見て、宗次兄いが侍に向かっていったんです」

音松は夢中で訴える。

「しかし、その場にいた者の話は違うが」

「皆でよってたかって宗次兄いを悪者に仕立てたんです」

音松は顔をしかめた。

「なぜだ？」

「本所の御家人を庇うためですよ」

「しかし、被害に遭った娘も、侍から何かされたとは言っていないようだが」

剣一郎は確かめる。

「脅されて、ほんとうのことが言えないんです。あの花見の場では、その娘の父親もあっしや宗次兄いに礼を言っていたんです」

「それは間違いないのか」

「そうです。それから三日後、同心と岡っ引きがやってきて、宗次兄いを捕まえたんです。質屋の『大福屋』の春蔵の証言があるって言って。ですが、春蔵って番頭は花見にはいなかったはずです。『大福屋』はあの御家人も利用しているようですからね」

音松は吐き捨てるように言った。

「しかし、奉行所の吟味を経て裁きが下ったはずだが」

「皆で宗次兄いが悪いって証言したんですよ。娘の父親まで、宗次兄いが娘にからんできたと言いだしたんですから」

音松は懇願するように、

「青柳さま。もう一度調べ直してくださいな。今なら、あの娘の父親も脅されたと正直に話してくれるかもしれません」

と、訴えた。

「わかった。さっそく調べてみよう」

剣一郎は約束をした。

「ほんとうですか。お願いします」

音松は縋るように何度も頭を下げた。

木場を離れてから、剣一郎は太助に、

「わしは花見の一件を調べてみる。太助は正太郎の動きを見守るのだ」

「わかりました」

永代橋を渡ってから小伝馬町三丁目にある『松島屋』に向かう太助と別れ、剣一郎は霊岸島を通って数寄屋橋御門内の南町奉行所に向かった。

第四章　満開の桜

一

剣一郎は例繰方の部屋に行き、一件記録を調べた。

吟味の白州に証人として出てきた者を訪ね、改めて花見での一件を訊ねた。すると、宗次の言い分が正しいことがわかった。

次に、剣一郎は郡代屋敷に赴き、上州の博徒八田の久作が殺された件について訊ねた。

その事件を調べた御代官手付が江戸に戻っていて、説明してくれた。

八田の久作の賭場を、倉賀野宿の博徒伊勢蔵の子分が三人で襲撃した。貸元の久作が殺され、貸元殺しで伊勢蔵の子分三人を追った。

久作の子分の丹造が江戸まで追ってきたというが、宗次は久作殺しで手配はされていないようだ。

剣一郎は郡代屋敷を出て、半刻（一時間）後に本所亀沢町にやってきた。

こぢんまりした下駄屋が見つかった。店先に普段に履く駒下駄や角下駄、洒落た吾妻下駄、高下駄などが並んでいた。

剣一郎は店番の男に、亭主に会いたいと申し入れた。

男は奥に向かい、

「旦那」

と、呼びかけた。

小肥りの四十歳ぐらいの男が出てきた。

「ご亭主か」

「はい。何か」

「おまちの父親だな」

剣一郎は確かめる。

「はい。さようで」

「おまちはいるか」

「去年、本郷のほうに嫁いで行きました」

「そうか」

「おまちに何か」

亭主は不安そうにきいた。

「三年前の向島での花見のことを聞きたい」

「花見？」

「そこでおまちが木場の筏師(いかだ)の宗次という男にからまれたそうだな」

「はい」

声が小さくなった。

「そのことできたいことがある」

「………」

「宗次は止めに入った本所の御家人を殴(なぐ)りつけ、怪我(けが)を負わせたことで江戸十里四方御構になった。そのことを覚えていよう」

「はい」

「そのことを、改めて調べているのだ。おまちは自分にからんできた男が誰か覚えていなかったそうだな」

「………」

「どうなのだ？」

「なぜ、今頃、そんなことを？」

亭主は険しい顔になった。

「今、宗次が江戸にいるらしい」

「江戸に？」

亭主は顔色を変えた。

「宗次は、本所石原町の『大福屋』の番頭春蔵を脅(おど)したのだ。もしかして、ここにも現われるかもしれない」

「そんな」

「宗次はおまちにからんだのは本所の御家人だと言っている。だが、『大福屋』の春蔵は宗次だと訴えたそうだ」

「………」

「ところが、おかしな話がある。春蔵は現場にいなかったという者がいた。いない者が、どうして証言出来るのか。一番確かなのは、からまれた当人の話だ。だが、おまちはわからないと答え、代わりにからんできたのは宗次だとそなたが証言した」

亭主が落ち着きをなくした。

「間違いないな」

「………」

「どうなのだ？」

「はい」

亭主は力なく頷（うなず）く。

「そなたは証言に自信があるか」

「………」

「現場では、そなたは宗次とその仲間の者に助けてもらった礼を言ったということだが、それは事実か」

「三年も前のことですので」

亭主の声が震えを帯びていた。

「忘れたというのか」

「………」

「宗次のところに闘っ引きの伝蔵が現われたのは、花見から三日後だそうだ。そのとき、状況は一変していた。この三日間に何かあったのだ」

剣一郎は鋭く亭主の顔を見つめ、

「ひょっとして、御家人に脅されたのではないか」

と、問いつめた。

「いえ」

亭主は首を横に振った。

「誰からも脅されなかったのか」

「それは……」

「あとで真実がわかったとき、今のそなたの言葉は重要だ。もし、宗次の言い分が正しかったとしたら、そなたは自分の意思で嘘(うそ)をついたことになる。宗次を貶(おとし)めるためにな」

「私は……」

亭主は言いよどんだ。

「よいか。ひとりの男の一生を左右する証言だ。それが、偽りだったとしたら、その罪は重い。その証言は真実だったと、お白州でも言えるのだな」

「…………」

亭主は口をわななかせた。

「どうした？」

「いえ」

「そうか」

剣一郎は溜め息をつき、

「では、おまちにきいてみる。おまちの嫁ぎ先を教えてもらおう」

と、亭主の顔を見た。

「娘は関係ないと思いますが」

「関係なくはない。一番、真実をよく知る人物ではないか」

「いえ、そのときのことを思いだせないのです」

「覚えていなかったのはそれほどの恐怖だったからだろう。三年経ってても、まだその恐怖が尾を引いているというのか」

「………」

「では、注意をして話を聞く。嫁ぎ先を教えてもらおう」

「青柳さま」

亭主の顔は青ざめていた。

「申し訳ありません」

亭主が頭を下げた。

「どうした？」

「嘘をついていました」

「嘘とな？」

「娘にからんできたのは本所の御家人です。それを宗次さんの連れが最初に止めに入ってくれたのです。そのひとがお侍さんに斬りつけられそうになったので、宗次さんが助けに入り、相手のお侍さんを叩きのめして……」

「なぜ、嘘をついたのだ？　その侍に脅されたのか」

「いえ」

亭主は首を横に振り、

「伝蔵親分にです」

「なに、伝蔵が？」

「はい、あの伝蔵親分に言われたら逆らえません。あとで、どんな仕返しをされるか知れませんし」

「なぜ、伝蔵はそんな真似を……」

剣一郎は憤然と言う。

「あのお侍さんたちと親しいんじゃないですか」

「そうか。よく話してくれた」

剣一郎は複雑な思いで引き上げた。

だが、宗次は無実の罪で江戸を追われたことになり、剣一郎は責任を感じないわけにはいかなかった。


昼下がりに、剣一郎は一つ目弁天前の『弁天家』を訪れた。

編笠（あみがさ）をとると、遣り手婆（やりてばば）が目を剝（む）き、

「青柳さま」

と、あわてた。

「私どもは何もお咎（とが）めを受けるような……」

「あわてるな」

剣一郎は穏やかに声をかけ、

「おせんという女子（おなご）に会いに来たのだ」

と、事情を説明した。

「おせんですか。ちょっとお待ちください。もう、起きたと思います」

そう言い、遣り手婆は奥に向かった。

やがて、二十七、八歳の女を連れてきた。鼻は低く、目は小さくて丸い。決して美人ではないが、控えめで包み込むようなやさしさを漂わせていた。

「おせんか」

「はい」

「宗次を知っているな」

「はい」

不安そうに、おせんは頷く。

「そなたの馴染(なじ)みか」

「そうです。宗次さんに何か」

おせんは怯(おび)えたようにきく。

「すまぬが、どこか空(あ)いている部屋はないか」

剣一郎は聞き耳を立てていた遣り手婆にきいた。

「こっちで」

遣り手婆は内証の奥の部屋に案内した。

納戸(なんど)部屋だ。

「ここでよろしければ」

遣り手婆が言い、行灯（あんどん）に灯を入れた。窓のない真っ暗な部屋だ。

「では」

遣り手婆が部屋を出て行った。

差し向かいになったおせんに、剣一郎は切り出した。

「宗次はどんな男だ？」

「見かけはとっつきにくそうですが、やさしいひとです」

「どういうところで、やさしいと思ったのだな」

剣一郎はおせんの表情を窺（うかが）う。

「私のことに親身になってくれて」

おせんは不安そうに、

「宗次さんがどうかしたのですか」

と、きいた。

「宗次が江戸十里四方御構になっている身だと知っているか」

剣一郎はきいた。

「江戸十里四方御構？」

おせんは驚いたようにきき返し、

「詳しくは聞いていませんが、何かあったんだろうとは思っていました。そうですか、江戸にいられないひとだったのですか」

と、表情を曇らせて言った。

「三年前、向島の花見でもめて、相手に怪我をさせたということになっている」

「……………」

「しかし、奉行所の沙汰が間違っていたことがわかったのだ。そのことを明らかにするために、宗次に会いたいのだ」

「ほんとうですか」

「そうだ。当時、宗次の訴えは聞き入れられなかったが、今になって宗次の言い分が正しいことがわかった。奉行所が過ちを犯したようだ。そのことをはっきりさせるためにも、宗次に出て来てもらいたいのだ」

剣一郎は事情を話し、

「宗次がどこに住んでいるか知らぬか」

と、確かめた。

「聞いてません」

おせんは答えてから、

「宗次さんは逃げ回らなくて済むようになるんですか」

と、真剣な眼差しできいた。

「そうなるかもしれない。そのためには奉行所に来てもらわねばならない。宗次はだいたい何日おきにやってくるのだ？」

「三、四日ぐらいおいて……」

「そうか。奉行所には足を向けづらいだろうから、宗次が来たら、八丁堀のわしの屋敷にくるように言ってもらいたい」

「八丁堀のお屋敷ですね」

「そうだ。それから、宗次のことで何か気になることはないか」

「……いえ」

返事まで間があった。

「どんな些細なことでも、気になることがあったら言うのだ」

「…………」

「宗次は江戸ではまっとうに暮らせないのだ。仕事もしていないはずだ。ここに来る金はどうしているのだ？」

「わかりませんが、貯えがあったんだと思いますけど」

八田の久作の賭場を襲ったとき、金も盗んでいったのかもしれない。あるいは、宗次に賭場荒らしを命じた倉賀野宿の伊勢蔵が逃げるための金を与えたのかもしれない。

「あの……」

おせんが口を開きかけた。

だが、思い止まったように口を閉ざした。

「何か」

「いえ、なんでも」

おせんはあわてて首を横に振った。

やはり、何かを隠している。木場の筏師の音松も同じだ。宗次は何かを企んでいるのではないか。それはまっとうなことではあるまい。ほんとうに罪を犯す前に、なんとしてでも止めなければならない。

剣一郎はひそかに焦りを覚え、

「ともかく、次に宗次が来たときにはわしの屋敷にくるように言うのだ。この先、宗次が間違いを起こさないためにもな」

と、念を押した。

「わかりました」

おせんは思い詰(つ)めたような目で頷いた。

二

薄暗くなって、宗次は佐賀町の長屋を出て、新大橋を渡り、浜町堀沿いにある高砂町にやってきた。

お秀の家の近くで、宗次は指笛を鳴らした。甲高い音が夕闇に響く。

それから、宗次は浜町堀に行き、堀端の柳の樹のそばで待った。ほどなく、格(こう)子縞(しじま)の着物の裾(すそ)をつまみ、早足で十蔵がやってきた。

「決まったぜ。明後日だ」

十蔵がいきなり言う。

「明後日か」

いよいよか、と宗次は思わず拳(こぶし)を握りしめた。

「どこでやるんだ？」

「『上総屋』の寮に行く途中だ。新堀端河岸地(しんぼりばたがし)の近く、浅草田圃(たんぼ)に出る手前に曹(そう)

源寺という寺がある。そこの山門の脇で待ち伏せだ」

十蔵が不敵な笑みを浮かべた。

「正太郎がその道を通るとは限らないんじゃないのか」

宗次は疑問を口にする。

「だいじょうぶだ。そこを必ず通る」

十蔵は自信に満ちた口調で言う。

「どうして、そう言い切れるのだ？」

宗次は訝った。

「『上総屋』の番頭の六兵衛が『松島屋』まで迎えに行くことになっている。強盗を装って、正太郎を殺すのだ」

「番頭もか」

「いや、六兵衛は殺さない。ただ、軽く怪我をさせる」

「なるほど。その番頭も仲間か」

宗次は含み笑いをした。

「明後日、曹源寺の山門の脇で待ち合わせだ。いいか」

「ああ、わかった」

「怖じ気づいちゃいねえか」

「別に」

「ひとを殺めたことはあるのか」

十蔵は宗次の顔を覗き込んだ。

「…………」

八田の久作の腹部を刺したときの感触が蘇る。

「あんたはあるのか」

宗次は逆にきく。

「まあな。じゃあ、明後日だ。約束を違えるな」

十蔵は念を押した。

「金が欲しいんだ。約束どおりにするさ」

宗次は応じる。

「よし、じゃあ、もう会うのはなしだ」

そう言い、十蔵は引き返していった。

辺りは暗くなっていた。それでもすれ違う相手に顔を隠しながら、宗次は新大橋を渡って、佐賀町の長屋に戻った。

部屋に入り、行灯に明かりを入れる。煙草盆を引き寄せ、煙管に刻みを詰めながら、明後日のことを考えると武者震いがした。

俺にとっちゃ一か八かの大勝負だ。うまくいけば、別人として生きていくことになる。もう、こそこそ逃げ回る暮らしからおさらば出来るのだ。

逸る気持ちを鎮めるように、ゆっくり煙草に火を点けて、思い切り吸って煙を吐きだす。煙を目で追いながら、これしか生きていく術はないのだと自分に言いきかせた。

戸を叩く音がした。

「兄い、俺だ」

戸が開いて、音松が入ってきた。険しい顔つきだった。

「どうした、何かあったのか」

宗次はきいた。

「昨日、南町の青柳さまが兄いのことで俺のところにやってきたんだ」

「青柳さま……」

「三年前の一件を調べ直してくれるようだ」

「どうして、今になって青柳さまが？」

灰吹に雁首を叩いて灰を落とした。

「わからないが、そう約束してくれた。編笠をかぶった侍が俺を訪ねてきたときは何ごとかと思ったけど、青柳さまだったんだ」

「編笠の侍だと」

宗次はあっと声を上げそうになった。三人の浪人に襲われたのを助けてくれた侍はもしや……。

「兄い。どうしたんだ?」

「じつは三人組の浪人に襲われたのだ。それを助けてくれた編笠の侍がいた」

「じゃあ、それが青柳さま」

「そうだったのか。俺は礼も言わずに逃げてしまったが」

宗次は胸が痛んだ。

「兄い。青柳さまにすべてを任せたらどうだ。兄いに会いたいらしいが、俺は居場所を知らないと答えた」

「そうか、青柳さまが乗り出してくれたか」

宗次は感慨深いものがあったが、

「音松。青柳さまの気持ちはありがたいが、もう遅いんだ」

と、溜め息とともに口にした。

「なぜだ？」

「俺は上州でひとを殺めている」

宗次は悔しそうに言う。

あんなことで江戸を追われる羽目にならなければ、ひとを殺すようなことにはならなかったのだ。

済んだことをいくら悔やんでも仕方ない。

「三年前の花見の一件の裁きが間違いだと今さらわかったところで、俺が上州で博徒の親分を殺した事実は消せない」

「兄い」

「どっちみち捕まれば死罪だ。だから、もう俺は引き返せない」

宗次は厳しい顔で、

「前に言ったように、桜吹雪の彫り物をした男の死体が見つかったら、死んだのは宗次だと訴えてくれ」

「十蔵という男を殺るんだな」

「うむ。最初は殺して大川に捨てようかと思ったが、流れからいって浅草田圃の近くにある曹源寺の裏手に顔を潰して放置するつもりだ」

「…………」

宗次は自分の手を見つめ、

「すでに、この手を汚してしまっているんだ。いくら洗っても落ちることがない汚れだ。ただ、唯一の救いは十蔵が悪人だということだ。あの男は生きていても決してひとのためにならない」

と、おせんを思いだしながら言った。

「せっかく、青柳さまが乗り出してくれたというのに」

音松は呻くように言った。

「これも定めだ。仕方ねえ」

宗次は自分を慰めるように言い、

「明後日だ」

と、告げた。

「明後日……」

音松の表情が曇った。

「心配するな。必ず、うまく行く」

宗次は自分自身に言いきかせるように言った。

音松が引き上げたあと、宗次は立ち上がった。

春の宵にしては肌寒かった。芽ぶこうとしている桜の樹も驚いているか。宗次は急ぎ足で『弁天家』に入った。

二階の小部屋に入るなり、おせんが強張った顔でじっと宗次を見つめた。

「どうした？」

宗次はきいた。

「ひょっとして」

宗次ははっとした。

「誰かが俺のことでやってきたのか」

「ええ」

「誰だ？」

「南町の青柳さまよ」

「そうか」

「宗次さんは江戸十里四方御構になっている身だと言っていたわ。でも、宗次さんは無実だって」

「うむ」

「八丁堀の青柳さまのお屋敷に来るようにと。ねえ、行って。汚名が雪がれるかもしれないわ」

「………」

宗次は胸が疼いた。

「どうしたの？」

もう遅いのだ。だが、安心させるように、

「わかった。そうしよう」

と、宗次は言った。

「よかった」

おせんはほっとしたように微笑んだ。

「今、お酒を持ってくるわ」

おせんは部屋を出て行った。

宗次は窓辺に寄った。暗い外を見る。一つ目弁天の常夜灯が寂しげに灯っている。不審なひと影はなかった。

この先、俺はどうなるのだろう。微かな不安が押し寄せてきたが、宗次はそれを振り払った。

階段を上がる足音が聞こえたので、宗次は窓を閉めて、部屋の真ん中に戻った。

おせんが酒を持って部屋に入ってきた。

酒を呑みはじめてから、ふと思いだして、

「亭主はもう来ていないだろう」

と、確かめた。

十蔵には釘を刺しておいたのだ。

「…………」

おせんから返事がなかった。

「どうした？」

宗次はおせんの困惑した顔に驚いて、

「まさか、やって来たんじゃあるまいな」

と、問いつめるようにきいた。

おせんは俯いた。

「来たのか」

宗次は愕然としてきいた。

「なんて言っていた？」

「俺はおまえの亭主だって」

「そんなことを言いやがったのか」

騙しやがったな、と宗次は腸が煮えくり返った。

だが、憤りもすぐ治まった。これで、十蔵を殺るのに何の躊躇いもなくなった。

おせんが酒を注いだ。

「もしかしたら、俺はしばらく江戸を離れることになるかもしれない」

猪口を口に運んだあと、宗次は切り出した。

「どうして？」

おせんの顔色が変わった。

「青柳さまのところに行くんでしょう。そしたら」

おせんは問いつめるように言う。

「まあ、待て」

宗次はあわてて手を上げ、

「青柳さまのところに行ったあとの話だ」

と、言い訳をする。

「江戸を離れている間、俺は上州のある親分さんのところで世話になっていた。今回、江戸が恋しくなって一時的に帰ってきたんだ。俺の汚名が雪がれて江戸に住めるようになったら、上州の親分さんのところから引き上げなくてはならない」

「………」

「江戸に帰る挨拶と同時に、向こうで引き受けていた仕事の残りをこなさなきゃならないんだ」

「それにどのくらいかかるの？」

「ふた月、三月だ」

「ふた月、三月？」

「そうだ」

十蔵の死体が宗次だとされたあとも、ほとぼりが冷めるまで江戸を離れていたほうがいい。万が一、誰かに見られたら十蔵を宗次の身代わりにしたことがばれてしまう。

「また、必ず戻ってくる」

「仕合わせって長く続かないのね」

おせんは深く溜め息をついた。

「そう言って、宗次さんも私から離れていくのね」

「違う」

「何を言うのだ」

「そうね。最初は帰ってくるつもりなのよね。でも、ふた月も経てば、結局忘れるのよ」

「そうじゃない」

宗次は説き伏せようと、

「この前、三十両を預かってもらったな」

「ええ、今、とってくるわ」

おせんは沈んだ声で言う。

「そうじゃねえ。俺が帰ってくるまで預かっていてもらいたい」

「…………」

「必ず戻ってくる。だから、預かっていてくれ」

「ほんとうに戻ってきてくれるの？」

おせんはしがみついてきく。

「何度も言っているじゃねえか」

宗次は微笑んで、

「俺のことを忘れるんじゃねえぜ」

と、声をかけた。

「忘れるものですか」

おせんは泣き声になった。

「おめえが自由の身ならいっしょに江戸を離れてもいいんだが、そうもいかねえ」

「いいの。宗次さんとまた会えるんなら、それでいいの。私は高望みなんかしないから」

おせんは宗次の胸に顔を埋めた。

宗次はおせんの肩を抱き、

「俺はおめえといるとほんとうに気持ちが安らぐ」

「私もそう。こうしていると、とても穏やかな気持ちになるわ。宗次さんともっと早く巡り合っていたら」

　おせんは呟く。

「そうだな。もっと早く出会っていたら、おめえは木場の筏師、桜吹雪の宗次の女房だ」

「そうだったら、どんなにうれしいか」

「なあに、これからだ。おめえを身請けし、いっしょに暮らすんだ」

　宗次は思わず声に力を込めた。

「うれしいわ」

「夢じゃねえ。必ずだ」

　宗次はむきになって言う。

　なぜ、こんなにむきになっているのか。明後日のことで不安があるのか。

　果たして、十蔵を殺し、顔面を石で殴りつけるなんてことが出来るか。今になって、恐怖心が芽生えた。

　失敗するかもしれない。そんな恐れに急に襲われていた。

三

翌日は朝から暖かく、眩い陽差しが降り注いでいた。

剣一郎は本所回向院の境内に岡っ引きの伝蔵を呼び出した。

広い境内に朝から参詣客が多かった。剣一郎と伝蔵は、境内の隅にある銀杏の樹の下で向かい合った。

「三年前の花見の一件だが、妙なことになってきた」

伝蔵は落ち着きをなくしていた。

剣一郎は切り出す。

「へい」

伝蔵の声は小さくなった。

「関わりのあった者たちから聞いた話が、そなたの言うこととまるで逆なのだ。どういうことか説明してもらおうか」

「それは、その……」

「なんだ？」

「へえ」

「花見にいっしょに行っていた木場の筏師の仲間は、当日、助けた娘と父親から礼を言われたと話した。さらに、その場に『大福屋』の春蔵はいなかったという。どうなのだ？」

剣一郎は問いつめる。

「なぜ、いなかった者が証言したり、被害者の娘と父親の言うことが逆になったりしたのだ？」

「………」

「伝蔵、いかに」

剣一郎は鋭い声を発した。

「恐れ入ります」

伝蔵はいきなり頭を下げた。

「説明してもらおう」

「へえ」

「本所の狼と呼ばれる御家人に脅されたのか」

「いえ」

「違う？　そなたの判断か」

「へえ」

伝蔵は苦しげな表情で、

「確かに、娘にちょっかいをかけたのはお侍さんたちです。宗次は助けに入った筏師仲間がやられそうになっているのを見て、お侍に飛び掛かっていったんです。諸肌（もろはだ）を脱いで、桜吹雪の彫り物を見せ、萎縮（いしゅく）したお侍さんを叩きのめしました」

「それなのに、なぜ？」

「あのお侍さんたちは宗次にやられたのが相当悔しかったらしく、宗次を叩き斬ってやると息巻いていたんです。これはまずいと思いました。宗次は仕返しで半殺しの目に遭（あ）うか、殺されるかもしれない。だから、宗次の命を助けるため、あっしがお侍さんたちに宗次を悪者にするから、もう事を収めてもらいたいと頼んだのです」

「そうか。しかし、そのために宗次は仕事を奪われ、江戸を追われて」

「へえ」

伝蔵は俯いた。

「なぜ、そなたの旦那に相談しなかったんだ？」

伝蔵に手札を与えている定町廻り同心に触れた。

「相談しました。でも、うちの旦那も本所の狼たちと揉め事を起こしたくないと」

「なんと」

剣一郎は憤然とした。

「青柳さま。あの三人の侍は狼藉を繰り返していました。でも、直参の威を借りて批判を封じ込めていたんです」

「ならば、よけいに立ち向かっていかねばならなかったのだ」

「へい」

「よいか。もう一度、三年前の花見の一件を蒸し返し、あの本所の狼たちを糾弾するのだ。悪事を叩くのは直参だろうが関係ない」

「わかりやした。旦那に話をし、さっそく動きます」

「まず宗次を見つけ出さなければならない」

「へい。必ず、宗次を見つけ出します」

伝蔵は自分の過ちを償おうとするかのように、鬼気せまる顔になっていた。

その後、剣一郎は奉行所に出ると、宇野清左衛門に面会を求めた。

年番方与力部屋の隣にある小部屋で、剣一郎は清左衛門と差し向かいになった。

「じつは三年前、向島の花見で、ある事件が起きました」

剣一郎は最初からすべてを話した。

聞き終えた清左衛門はさらに険しい顔になって、

「奉行所の信頼を損ねる問題だ。ただちに対処せねばならぬ。宗次という男、汚名が雪がれれば元の暮らしに戻れるのか」

「わかりません。というのは、江戸を追われて宗次は上州の博徒のところに世話になったそうです。そこで、先ごろ、敵対する博徒の賭場を襲撃し、貸元を殺して、江戸に逃げてきたというのです」

「貸元を手にかけたのか」

清左衛門は憤然とした。

「殺された貸元の子分たちが江戸の宗次を追ってきたということです。結局、見つけることが出来ず、子分たちは引き上げたようですが」

剣一郎は言ってから、

「ただ、代官所から宗次の人相書は出ていないようなのです。今、貸元殺しについて、調べてもらっています」

「江戸十里四方御構になったためにそんな事件に巻き込まれたとしたら、宗次という男の一生を奉行所が奪ってしまったことになる」

清左衛門は呻くように口にした。

「仰るとおりです。どこまで手を差し伸べられるかわかりませんが、我らは宗次のために出来ることはなんでもしてやりたいと思います」

「そうだ」

清左衛門も頷きながら言う。

「とりあえず、ご報告を」

そう言い、剣一郎が話を切り上げたあと、清左衛門が口を開いた。

「青柳どの」

「はっ」

「先日、火盗改が捕まえた押込みのおかしらが、十五年前に獄門になった半五郎の右腕の藤蔵だったという話をしたが」

「はい。藤蔵は、半五郎一味の中でただひとり、火盗改の急襲から逃れ、それから十数年間、行方が杳として知れなかったのですね」

「そうだ。その藤蔵が捕まったと安堵したが、また火盗改から妙なことを言ってきた」

「妙なこと？」

剣一郎はやや身を乗り出した。

「うむ。どうも、捕まえた藤蔵は半五郎一味の藤蔵ではないのではという疑問が生じたらしい」

「どういうことでしょうか」

「最近、また火盗改が捕まえた盗人が、先日の藤蔵と親しかったと白状したそうだ。その男によると、その藤蔵と若いころからつきあいがあったそうで、半五郎の右腕だった男とは関係ないと言っていたそうだ」

「確か、本人は半五郎の右腕だった藤蔵だと認めたということでしたが」

剣一郎は小首を傾げた。

「半五郎の右腕だった藤蔵と名乗って子分を集めていたそうだ。自分を大きく見せるためにそんな話をしていたらしい」

「なんと」

「その者の話は信憑性があると、火盗改は言っていた」

肝心の藤蔵と名乗っていた男は拷問死しているので本人に確かめることは出来ない。しかし、半五郎の右腕であった藤蔵と別人なのは間違いないようだ。

「十五年前、半五郎たちが捕まったあと、藤蔵は江戸を離れた形跡があったようだ。ほとぼりが冷めたころに江戸に舞い戻ったと考えたようだが」

「江戸に舞い戻ったとしても、実の名を使わず、別の名を名乗るでしょう」

剣一郎はそう言ったあとではっとした。

向島の卯平のことが脳裏を掠めたのだ。最初は『大川屋』の幸助と名乗っていた。実際の幸助と特徴が違うようだと指摘すると、じつは卯平だと名乗った。幸助の名を騙った理由を問うと、真下治五郎と知り合い、江戸を追われた者とは釣り合いがとれないので見栄を張ったと答えた。

しかし、卯平というのもほんとうの名かどうかわからない。

剣一郎は考え込んだ。

卯平は五十歳ぐらいだ。鶴のように細い体で、髪は薄く、額は広い。顎に大きな黒子があった。眼光は鋭く、何事にも動じない強さのようなものを感じた。若いころはもっと体格がよく、怖いものなどなかったのではないか。

剣一郎は勝手にあることを想像していた。まさかと思うが……。

「青柳どの、何か考え込んでいるようだが」

清左衛門が声をかけた。

「申し訳ありません。じつは卯平という男のことを考えていました」

「卯平？」

「三年前から向島に住みはじめた五十歳ぐらいの男です。最初は『大川屋』の幸助と名乗っていたのですが、それは偽りで、卯平だと改めて名乗りました。この卯平の前にときたま現われていた久米吉という男がおります。この久米吉は小伝馬町三丁目にある『松島屋』の正太郎という手代に近づいていたのです」

剣一郎は、その正太郎は十五年前に半五郎一味に押し込まれた『上総屋』の息子だという話をした。

「『上総屋』？」

「久米吉は正太郎が『上総屋』の息子だと知って近づいていたようです。今思うと、久米吉は卯平から頼まれて正太郎の動きを探っていたような気がしてならないのです。つまり、卯平は『上総屋』の息子正太郎に関心を抱いているのです」

「五十歳ぐらいの男と『上総屋』か……。もしや」

清左衛門も気づいたように目を見開いた。

「考えすぎかもしれませんが、あり得ないことではないと」

剣一郎は慎重に口にした。

「卯平は十年以上前にちょっとしたことで江戸を追われ、吉野山の近くの寺の宿坊で働いていたそうです。三年前に江戸に舞い戻ったのです」

「久米吉という男からきき出せないのか」

清左衛門は急いたように言う。

「数日前、殺されました」

「なんと」

清左衛門は絶句した。

「久米吉殺しについては植村京之進が探索を進めておりますが、正太郎に絡む何かによって殺されたのかもしれません」

「何かとは？」

「正太郎が『上総屋』に戻ることと関係があるかもしれません。『上総屋』の今の主人嘉右衛門は正太郎を喜んで迎えると言っていますが……」

十分に信用することは出来ないと、剣一郎は思っている。

ただ、卯平が藤蔵だとして、『上総屋』にどのような関わりがあるのかわからない。十五年前、押込みの仲間だったのに。それに、『大川屋』が絡んでいるとなると、ますますわからなくなる。

ふと、剣一郎はあることに注意を向けた。

「半五郎一味の隠れ家は確か橋場でしたね」

「そうだ。真崎稲荷（まつさきいなり）の近くだ」

「真崎稲荷ですか」

「橋場に何か」

清左衛門が不審そうにきく。

「いえ」

思いつき程度なので、剣一郎は黙っていた。

清左衛門と別れ、与力部屋に戻ってから、京之進から話を聞こうとしたが、探索に出ていて同心詰所にはいなかった。

剣一郎は田原町の下駄屋『高木屋』に行き、『大川屋』の内儀と親しかったお敏と再び内庭に面した部屋で会った。

「きょうは、幸助が『大川屋』をはじめたころのことをききたい」

剣一郎は切り出した。

丸顔のお敏は黙って頷く。

「『大川屋』をはじめたのは十四年前だったな?」

ふたりが所帯を持ったのが二十年前、幸助が三十歳、おはまが二十三歳のときだったと前回聞いた。

幸助は季節ごとに違う品物の振り売りをしていた。おはまは今戸にある料理屋で女中をしていた。

ふたりは幸助が住んでいた橋場の長屋で暮らしはじめ、その後、田原町に店を持つようになったのだ。

「長屋は橋場のどの辺りにあったのか知らないか」

「橋場の渡し場の先だとか聞いたことがあります」

「すると、真崎稲荷に近いな」

「そうです。真崎稲荷には毎朝、お参りしていたそうです」

「十五年前、真崎稲荷の近くにあった盗賊の隠れ家で大捕り物があったのだが、その話をふたりから聞いたことはないか」

「いえ、そのような話は聞いたことがありません」

「そうか。わかった」

「青柳さま」

お敏が声をかけた。

「幸助さんの消息はわからないのでしょうか」

「吉野山近くの寺の宿坊で働いていた男が江戸に来ていた。その男が言うには、五年前にそこで『大川屋』の幸助と会ったそうだ。幸助はおかみさんに吉野山の桜を見せたいと遺髪を持ってやってきたと話していたらしい」

「そうですか。やっぱり吉野に行ったんですね」

「吉野に住みついたのかもしれない」

「おはまさんのいない江戸にいるのは辛(つら)いんでしょうね」

お敏は呟くように言い、

「また幸助さんのことで何かわかったら、教えてください」

と、頭を下げた。

「わかった」

剣一郎はお敏の家を辞去し、橋場に向かった。

今戸橋を渡り、今戸の町を抜けて橋場にやってきた。

橋場の渡し場に差しかかると、対岸の向島に渡る船がちょうど出るところだった。

剣一郎は橋場町の町並みを見ながら、この辺りの長屋に幸助とおはまは住んでいたのだろうと思った。

さらに先に進むと、真崎稲荷の前に出た。半五郎一味の隠れ家もこの近くだったのだ。

隠れ家のあったと思われる場所に行ってみた。そこには別の新しい家が建っていた。

幸助の家と隠れ家が近いことで、何かがあったのだろうか。半五郎一味だった藤蔵と思われる卯平は、幸助の名を騙っていた。

幸助と藤蔵に何かしらの接点があったのか。

剣一郎はその周辺を歩き回った。特に、何をするというわけではない。歩きながら、幸助と藤蔵の関係を考えていたのだ。

生真面目（きまじめ）で働き者の幸助と、盗賊の一味の藤蔵にどのようなつながりがあるというのか。

気がつくと、鏡ケ池のほうに来ていた。

池の周辺の木立の中に、ふと薄紅色の何かが目に入った。気になって、目を凝らした。池の辺の樹の枝だ。

剣一郎はそこまで行ってみた。

桜の樹だ。枝に一輪の花が咲いていた。今日の暖かさで、開花したらしい。

ここに桜の樹があったのが不思議だった。周辺にはなく、この一本だけだった。

剣一郎は近くの寺の山門をくぐった。

庭を掃いていた寺男に声をかけた。

「ちょっと訊ねるが」

「へい」

寺男は箒を使う手を休めた。

「この裏手の池の辺に桜の樹があるが」

「ええ」

「いつからあるのだ？」

「あっしがここに来たときにはありました。十年前からじゃないでしょうか」

「十年前か」

苗を植えてから開花までの期間はどのくらいか。二年から四年ぐらいとして、十二年乃至十四年前に苗を植えたことになる。

剣一郎は寺を出て、再び池の辺に行ってみた。この桜の樹は十年以上ここで花を咲かせてきた。

願わくは花の下にて春死なん……。ふと、西行法師の和歌を思いだした。幸助の妻女のおはまも、この和歌のように桜の花の下で死にたいと言っていたという。

おはまは染井村の植木職人の娘だった。

花の下か、と剣一郎が呟いたとき、ふとこめかみにひとの視線を感じ、そのほうに目をやった。

少し離れた木立の中にひと影が動いた。

剣一郎はそこに向かって駆けた。しかし、すでに影は消えていた。

卯平に違いない。

なぜ、卯平がここに……。剣一郎は改めて卯平が何らかの動きを見せていることに気づいた。

その夜、八丁堀の屋敷に太助がやってきた。

「正太郎が明日の夕方、入谷の『上総屋』の寮で嘉右衛門と会うそうです。正太郎の母親を交えて復帰のための話し合いをするとのこと」

「三人か」

「はい。それから、『松島屋』まで、『上総屋』の番頭の六兵衛が正太郎を迎えに行くということです」

「六兵衛は、嘉右衛門が本郷にある『風林堂』という自分の店から連れてきた男で、嘉右衛門の子分だ」

剣一郎はなんとなくいやな予感がした。

「どの道順で入谷に向かうかわかっているのか」

「いえ、六兵衛の案内に任せるそうです」

「そうか」

そのとき、多恵が顔を出し、京之進がやって来たと告げた。

多恵と入れ代わって、京之進が部屋に入り、剣一郎の前に腰を下ろした。

「久米吉殺しの件ですが、殺しのあった夜、船宿の船頭が柳橋を渡っていく三十過ぎの四角い鰓の張った顔の男を見かけたそうです。久米吉との関係はまだわかりませんが、今、その特徴の顔の男を捜しています」

「ごくろう」

剣一郎はねぎらいの言葉をかけた。

それから、剣一郎は明日の正太郎の話し合いの件を話し、自分の危惧も伝えた。さらに、江戸十里四方御構になった宗次について話した。

「そんなことがあっては、南町の信用が……」

京之進は悔しそうに吐き捨てた。

「そうだ。この件もなんとかしなければならない」

剣一郎は厳しい顔で言ったが、

「まずは明日だ。そなたは入谷の寺で待機していてもらいたい」

と、胸騒ぎを覚えながら言った。

四

夕陽を浴びながら、宗次は新堀川沿いを浅草田圃のほうに向かった。

新堀端河岸地を過ぎ、やがて曹源寺の山門が見えてきた。

山門をくぐり、辺りを見回していると、本堂のほうから十蔵がやってきた。

「待っていたぜ」

十蔵は口元を歪めて言う。

「ああ」

宗次も不敵に笑って応じた。

「正太郎はこの寺の角を曲がって入谷に向かう。俺たちは裏口から境内を出て裏手の雑木林の中で待ち伏せる」

十蔵は手筈を説明した。

「わかった。ちょっと裏口を出てみよう」

宗次は言い、裏口に向かった。

十蔵もついてくる。

裏口の戸の閂（かんぬき）は外されていた。

戸を開けて、寺の裏手に出た。雑木林の中だ。入谷に抜ける道が見える。

「ここなら誰にも見とがめられねえ」

十蔵は呟く。

十蔵は油断している。今だと宗次は思い、懐（ふところ）に呑んでいる匕首（あいくち）に手を伸ばした。

この男に俺の身代わりとして死んでもらう。そう思いながら、匕首の柄（つか）を摑（つか）んだ瞬間、思わぬことが起こった。急に手足が小刻みに震え出したのだ。恐怖が襲ってきた。

予想だに出来なかったことに、宗次はうろたえた。

目ざとく十蔵は宗次の変化に気づき、

「どうした。まさか怖じ気づいたんじゃないだろうな」

と、冷笑を浮かべた。

「とんでもない」

「そうか。震えているんじゃねえのか」

正太郎を殺ろうとしたことが怖くなったのだと、十蔵は勘違いしていた。

「武者震いだ」

宗次は強がりを言ったが、足の震えはまだ治まらなかった。

「それならいいが」

十蔵は真顔になり、

「もう、『松島屋』を出たはずだ。さあ、山門まで戻ろう」

なぜだ、と宗次は焦った。ここに来るまでは、容赦なく十蔵の隙をついて匕首を突き刺せると思っていたのだ。

裏口から境内に戻り、山門まで行った。

十蔵は山門から通りを見ている。無防備だ。今なら、突き刺せる。だが、震える手では匕首を持てない。

十蔵が振り向いた。

「おい、だいじょうぶか」

「ああ」

宗次はなんとか返事をした。

しっかりしろ、と宗次は心の中で自分を叱咤した。早く震えが治まってくれないと、正太郎がやってきてしまう。

辺りは薄暗くなってきた。通りを見ていた十蔵が、

「来た」

と、叫んだ。

宗次はそのほうに目をやった。暗がりの中に、新堀端河岸地から曲がってくるふたつの影が見えた。

「よし」

十蔵は宗次を急かし、裏口に急いだ。

宗次も裏手の雑木林に続いて出た。

今だ。今やらなければと焦ったが、まだ手に力が入らない。

「行くぞ」

十蔵は急かし、通りに向かった。

おせんのためにも、十蔵に宗次として死んでもらわねばならない。そう言い聞かせたが、思うように体が言うことをきかなかった。

正太郎が番頭の六兵衛とともに近づいてきた。

「よし」

掛け声とともに、十蔵はふたりの前に躍(おど)り出た。つられたように、宗次も飛び

出した。

あっ、と正太郎の悲鳴が上がった。

「宗次、殺れ。ひとがこないうちに早く殺るんだ」

十蔵が叫ぶ。

しかし、宗次の体は動かなかった。

「てめえ、やっぱり怖じ気づきやがって」

十蔵は吐き捨て、

「こうなりゃ、俺が殺る」

十蔵は匕首を抜いた。

「何者だ」

正太郎が叫ぶ。

「悪いが、死んでもらうぜ」

十蔵が匕首を振りかざした。

正太郎が逃げようとしたとき、六兵衛が正太郎の体を押さえつけた。

「番頭さん」

正太郎が大声を張り上げた。

「若旦那。こいつら強盗ですよ。観念してくださいな。さあ、早く」

六兵衛が十蔵に言う。

「覚悟しろ」

十蔵が正太郎に飛び掛かろうとした。宗次はその瞬間、それまでの呪縛が解けたように、体が反応した。

宗次は十蔵に突進した。体当たりをして、宗次と十蔵は地べたに倒れ込んだ。

「てめえ」

十蔵が素早く起き上がった。

「てめえ。裏切ったな」

宗次も立ち上がり、

「裏切っちゃいねえ」

「許さねえ。だが、今は正太郎が先だ」

十蔵は正太郎のほうに向かおうとした。

宗次はその前に立ちふさがった。

「どけ」

「どかねえ」

宗次は首を横に振る。

十蔵を自分の身代わりにすることに失敗したことを、宗次は悟った。たとえ、ここで十蔵を殺したとしても、正太郎と六兵衛に見られているのだ。

あっと悲鳴が上がった。六兵衛だった。

正太郎が六兵衛を突き飛ばしたのだ。

「待て」

そのとき、鋭い声がかかった。

宗次はその声のするほうに目をやった。

編笠の侍が駆け寄ってきた。あのときの侍だとわかった。

剣一郎は太助とともに小伝馬町三丁目にある『松島屋』から正太郎と番頭の六兵衛のあとをつけてきた。

ふたりは入谷に向かうのに、新堀端河岸地を通って寺地を抜けた道を選んだ。

まさかと思っていたが、このありさまだった。

剣一郎は正太郎のそばに行き、

「怪我はないか」

と、きいた。

「はい。だいじょうぶです」

剣一郎は頷き、六兵衛に目を向けた。

「六兵衛。正太郎を殺めようとしたところ、確かに見届けた」

「…………」

六兵衛はその場にくずおれた。

そのとき、ひとりの男が逃げた。

「太助、追え。行き先を突き止めるだけでいい」

「へい」

太助はあとを追った。

剣一郎は残った男のそばに行き、

「そなたは宗次だな」

と、確かめた。

「へい、いつぞや竪川沿いで助けていただいた宗次です」

宗次は頭を下げた。

「説明してもらおうか」

「はい。今逃げて行ったのは十蔵と言います。十蔵から正太郎さん殺しを頼まれまして、ここで十蔵といっしょに待ち伏せていたのです」

「六兵衛も仲間か」

「そうです。六兵衛さんがこの道に誘い込んだのです」

　六兵衛はしゃがみ込んだままだ。

「で、そなたは正太郎を襲ったのか」

「青柳さま」

　正太郎が口をはさんだ。

「そのお方は私を助けてくれたのです」

「ほんとうか」

　剣一郎は宗次を問いつめるようにきいた。

「いえ、あっしは……ただ……」

　宗次はしどろもどろになった。

「ほんとうは、なぜ、ここにいたのだ？」

「それは……」

「まあ、いい。そなたのことはあとだ」

剣一郎は六兵衛の前に立った。

「『上総屋』の番頭六兵衛」

六兵衛はぴくんと顔を上げた。

「正太郎を亡き者にしようとしたのは自分の考えか」

「………」

「どうなのだ?」

剣一郎は問いつめる。

六兵衛は口をわななかせたが、声にはならなかった。

「いずれわかることだ」

剣一郎は仕方なく、

「ふたりとも自身番まで来てもらおう」

と、宗次と六兵衛に言った。

「青柳さま」

六兵衛は訴えるように口を開いた。

「『上総屋』の旦那に命じられました。私が十蔵を仲間に引き入れて……」

「なぜ、嘉右衛門は正太郎を殺そうとしたのだ?」

「『上総屋』を返したくなかったのです」

「やはりな」

剣一郎は貶むように言い、宗次と六兵衛を近くの自身番まで連れて行った。

奥の三畳の板敷きの間で、剣一郎は六兵衛を問いつめた。

入谷の寺に京之進を呼びに行かせ、剣一郎は正太郎とともに『上総屋』の入谷の寮に一足先に向かった。

入谷の寮に行くと、正太郎を寮番の部屋に待たせ、剣一郎は正太郎の母親と嘉右衛門が待っている部屋に向かった。

「失礼いたす」

剣一郎は襖を開けて部屋に入った。

「青柳さま」

母親が不審そうにきいた。

「何か、ございましたか」

嘉右衛門がきいた。

「正太郎がちょっとな」

「正太郎が？　命に別状は？」

　嘉右衛門はきいた。

「命？　なぜ、そのようなことをきく？　わしは正太郎がちょっとなと言っただけだ」

「…………」

「正太郎の身に何かがあることを知っていたのか」

「いえ、そうじゃありません。やってくるのがあまりにも遅く、代わりに青柳さまがやって来られたので何かがあったのではないかと」

　嘉右衛門はあわてて言い繕（つくろ）う。

「正太郎の身に何か」

　母親が顔色を変えた。

「心配ない。襲われたが無事だった」

「襲われた？　誰にですか。ひょっとして六兵衛では？」

　嘉右衛門が身を乗り出してきいた。

「なぜ、六兵衛だと？」

　剣一郎は嘉右衛門の顔を見つめた。

「あの者は正太郎が『上総屋』に入ることを快く思っていなかったのです」

「なぜだ？」

「番頭の座を追われると思ったのでしょう」

「六兵衛はそなたに命じられたと言っている」

「とんでもない。私がそのようなことをするはずありません。六兵衛は私に罪をなすりつけようとしているのです」

嘉右衛門は反論した。

「なぜ、六兵衛がそのようなことを？」

「じつは、六兵衛はかねてから店の金をくすねていたようなのです。正太郎が新しい主人になると、そのことがばれてしまう。そう思ったのではないでしょうか」

「そなたは六兵衛が金をくすねていたことに、見て見ぬ振りをしてきたのか」

剣一郎は問いただす。

「お恥ずかしい話ですが、まったく信用しており……」

「待て。六兵衛が金をくすねていることをいつ知ったのだ？」

「最近です」

間を置いて、嘉右衛門は答える。

「で、六兵衛を問いつめた？」

「はい」

「で、被害の金額は？」

「かなりの額になります」

「とんでもない裏切りだが、どうしてそのまま雇っているのだ？」

剣一郎は鋭く切り込む。

「仕事は出来ますし、本人も改心しましたので」

「そなたは許したが、正太郎はそうはいかない。だから、六兵衛は正太郎を殺そうとしたというのか」

「はい」

「納得しづらいな」

「でも、それが事実でして」

嘉右衛門は太々しく言う。

「だいぶ、六兵衛の話と違うが」

剣一郎は嘉右衛門の顔を見つめた。

「……」

「土蔵に金がないのは、大名貸しをしているからだそうだな」

さらに、剣一郎はきく。

「六兵衛は大名貸しはしていないと言っていたが？」

「あの者は知らないのです」

「いや、そんなはずはない。そなたの右腕の六兵衛が関わっていないとはあり得ない」

「……」

「本郷のそなたの店、『風林堂』にかなり金を出しているそうだな」

「六兵衛は自分が助かりたいために私に罪をなすりつけようと……」

「では、金を貸している大名を教えてもらおう。大名の名誉のために口に出せないという言い訳は通用せぬ」

剣一郎はきっぱりと言った。

「六兵衛はすべてを語ったのだ。そなたも観念したらどうだ」

「……」

嘉右衛門の顔は強張っている。

「嘉右衛門さん。正太郎を殺そうとしたことはほんとうなのですか」

「義姉さん。みんな六兵衛が……」

「まだ、ひとに罪をなすりつける気か」

剣一郎は嘉右衛門を叱りつけ、大きく手を叩いた。

襖が開いて、正太郎が入ってきた。

「正太郎」

母親が叫んだ。

「叔父さん。あなたという方は」

正太郎は嘉右衛門の前に座り、

「六兵衛さんは正直にすべて話してくれましたよ」

と、責めた。

嘉右衛門は俯いた。

寮番が京之進を案内してきた。

「ごくろう」

剣一郎は声をかけ、嘉右衛門に向かい、

「さあ、話してもらおうか」

と、促した。

「最初は正太郎が二十歳になったら『上総屋』を返すつもりでした。でも、『上総屋』の商売が順調にいきだすと、儲けを本郷の店に注ぎ込むようになりました。『上総屋』に対する未練と、金の使い込みがあるので正太郎に帰ってこられては困るため……」

嘉右衛門はぼそぼそと口にした。

「六兵衛に正太郎を殺すように命じたのだな」

「そうです。六兵衛は十蔵という男を見つけ、金で正太郎殺しを頼みました」

嘉右衛門は続ける。

「まさか、失敗するとは……」

「正太郎に詫びの言葉はないのか」

「………」

嘉右衛門は虚ろな目を正太郎に向けただけだった。

「青柳さま。嘉右衛門を連れて行きます」

京之進が言った。

部屋に、剣一郎と正太郎、そして母親だけになった。

「青柳さま、ありがとうございました」

　正太郎が礼を言う。

「いや。主人と番頭のふたりがいなくなってしまったのだ。これからの『上総屋』はたいへんではないか」

「いえ、『上総屋』には子飼いの優秀な手代が何人もおります。きっと正太郎を助けてくれるでしょう」

　母親は目を細めて言い、

「明日、私が『上総屋』に行き、奉公人に今回の顚末を説明し、これからは正太郎を支えていってもらうように頼みます」

　と、続けた。

「そうか。それなら、安心だ」

「ただ、困ったことは、嘉右衛門が『上総屋』の金を本郷の店に注ぎ込んでしまったことです。土蔵に金がないことが……」

　ふと、剣一郎は立ち上がり、障子を開けた。

「誰だ？」

　庭の暗がりに男が立っていた。鶴のように細い体だ。

「そなたは……」

剣一郎は声を呑んだ。

五

庭先に立ったのは卯平だった。

剣一郎は濡縁に出た。

「なぜ、ここに？」

剣一郎はきいたが、卯平が現われたことに、なぜか違和感を持たなかった。そして、やはり卯平は半五郎一味の藤蔵だったのだと確信した。

「『上総屋』の内儀さんと正太郎さんにお話があって参りました。青柳さまもいらっしゃるので、ちょうどよいと思いまして」

卯平はおもむろに口を開いた。

剣一郎は正太郎と母親に目顔で諒承をとり、

「上がるように」

と、卯平を促した。

卯平は一礼をして部屋に上がった。

正太郎と母親に顔を向け、卯平は口を開いた。

「私は卯平と言います。吉野山の近くの寺の宿坊で働いていました。五年前、そこに客としてきていた『大川屋』のご主人の幸助さんと知り合いました」

卯平は静かに語りだした。

「幸助さんはおかみさんが亡くなったあと、吉野山の桜を見せたいと遺髪を持ってやってきたそうです。そこで、幸助さんから意外な話を聞きました」

卯平はさらに続ける、

「幸助さんは十五年前、おかみさんと橋場に住んで、振り売りの仕事をしていたとき、真崎稲荷の裏手で千両箱を見つけたそうです。夜中に千両箱を取りにいき、長屋に持って帰った。その数日前に、真崎稲荷の近くにあった盗賊の隠れ家を、火盗改が襲撃するという騒ぎがあったのです。そのさらにふた月前には『上総屋』さんに押込みが入り、一千両が盗まれたと聞いており、幸助さんはその金は盗賊が隠したものだと思い、迷った末に自分のものにしようとした。この金があれば、すぐ店を持てる。そう思いましたが、今店を持ったら金の出所を疑われる、とおかみさんに諭(さと)され、それからは死に物狂いでふたりで働き、店を持ったとのこと。いざとなれば、その金があると思うと、商売で挑戦も出来、それがことごとく当たって商売は順調にいったそうです」

卯平は息継ぎをし、

「いつしかその金を当てにする気持ちは消え、『上総屋』さんに返そうという気になったそうです。ただ、奉行所に持ち込めば、猫ばばしようとしたことのお咎めがあるかもしれず、直接返そうと、『上総屋』さんのことを調べたら、今の主人は正太郎さんが二十歳になるまで店を預かっているということを知り、返すことをためらった。おかみさんと相談し、正太郎さんが二十歳になって『上総屋』さんに戻ったら返そうと決めたそうです」

正太郎も母親も息を呑んだように聞いている。

「ところが五年前、おかみさんが亡くなり、子どももいないことから店を畳(たた)み、幸助さんはかねてよりおかみさんが憧れていた吉野山に遺髪を埋めようと、吉野山にある寺にやってきたのです」

卯平は間を置き、

「ところが幸助さんはその寺で出家して、おかみさんの菩提(ぼだい)を弔(とむら)っていきたいと思うようになったのです。心残りは『上総屋』さんに返す金です。話を聞いた私は、幸助さんに代わってその役割を引き受けたのです」

「信じられません。十五年前に盗まれた一千両を返そうとしているひとがいるなんて」

正太郎が興奮して言った。

「受け取っていただけますね」

卯平は確かめる。

「ありがとうございます」

正太郎は頭を下げた。

「それにしても、なぜあなたさまはそんな面倒なことをお引き受けになったのですか」

母親がきく。

「じつは私は十五年前の……」

「卯平」

剣一郎は声をかけた。

「その話はよかろう。幸助との友情であろう」

卯平は剣一郎の気持ちを察したように頷き、改めて正太郎と母親に顔を向けた。

「幸助さんはこう言ってました。もし、おかみさんが忠告してくれなかったら、自分はあの金を使って遊び耽ってしまったかもしれない。そこまでいかなくとも、金があるという余裕から商売でそんなに頑張らなかったかもしれない。自分の力で店をやっていけたのもおかみさんのおかげだと言ってました。幸助さんはおかみさんに感謝していたんです。だから、出家しておかみさんの菩提を。私はそんな幸助さんの気持ちに打たれ、幸助さんの心残りの金の件を引き受けたのです。それに、私も江戸に帰りたいという思いもあったので……」

「そうでしたか」

母親は頷いた。

「金はあるところに幸助さんとおかみさんが隠していました。確認しましたが、掘り返された跡はないようなので、その場所にあるはずです」

卯平が言ったとき、剣一郎はたちまちある情景が目に浮かんだ。鏡ケ池の辺にある満開の桜の景色だ。

「金は鏡ケ池の辺にある桜の樹の下ではないか」

剣一郎はおはまが染井村の植木職人の娘だということを思いだして言った。

「はい。千両箱を埋めた近くに目印として桜の樹の苗を植えたそうです。数年後、見事に花が咲いていたそうです」

卯平は大任を果たした安堵からか、深く長い溜め息をついた。

その後、剣一郎は別間にて卯平とふたりきりになった。

「青柳さまは私が何者かお気付きでしたか」

卯平がきいた。

「半五郎の右腕だった藤蔵だな」

「恐れ入ります」

「そなたが幸助の頼みを受けたのは、そなたの罪滅ぼしもあったのだな」

「十五年前、隠れ家が火盗改に包囲されたと気づいたとき、おかしらの半五郎が私をひそかに裏口から逃がしてくれたのです。千両箱を持って出ましたが、重いものを抱えては逃げられないので真崎稲荷の裏手に隠して逃げました。後日、そこに行ってみたら千両箱はありませんでした。ひとり逃げた私の探索がいよいよ厳しくなりそうで、私は江戸を離れたのです。あの吉野山の寺に行ったのはたまたまです。まさか、そこで幸助さんと出会うなんて……」

卯平は運命の導きに驚きを隠せなかったと言った。

「久米吉とはどういう関係なのだ？」

「久米吉は半五郎が料理屋の女に産ませた子です。江戸に戻ったとき、久米吉を捜し、今回の件で手伝ってもらいました。まさか、殺されようとは……」

「正太郎を殺そうとしている嘉右衛門と六兵衛の企みに気づいたのだろう」

「私が手伝わせたばかりに。久米吉も自分の父親が正太郎の父親を殺したことで、罪の意識を持っていたのだと思います」

「卯平。これから奉行所としても改めて正式に話を聞かねばならぬ」

「はい。覚悟をしています」

「いや、藤蔵だと名乗る必要はない」

「えっ？」

「今さら名乗って出ても混乱するだけだ。それに、そなたがほんとうに半五郎の右腕だった藤蔵だという証もない。もし、そなたが否定したら、それ以上は追及出来ぬ」

「…………」

「よいか、あくまでも卯平で通し、調べが終わったら、吉野に戻り、幸助にことの顚末を告げるがよい」

「青柳さま」

卯平は深々と頭を下げた。


翌朝、十蔵のあとを追った太助が逃げ込み先を摑んでいたので、京之進が捕縛のために向かった。

その頃、剣一郎は郡代屋敷に赴き、上州での八田の久作殺しについての報告を受けてから、宗次が捕らわれている南茅場町（みなみかやばちょう）の大番屋に顔を出した。

そこにはすでに十蔵が連れてこられていた。

十蔵は正太郎を殺そうとしたことだけでなく、久米吉を殺したことも認めた。さらに、宗次を仲間に引き入れたのは、宗次に正太郎を殺させ、そのあとで宗次を殺して罪を宗次ひとりになすりつけるためだったとも打ち明けた。

京之進からその話を聞いたあと、剣一郎は宗次と向かい合った。

「なぜ、そなたは正太郎殺しの片棒を担（かつ）ごうとしたのか」

剣一郎は確かめる。

「はい。あっしは江戸にいられぬ身ですし、上州で八田の久作という貸元を殺しています。十蔵は『弁天家』のおせんの亭主です。十蔵の背中にあっしと同じ桜吹雪の彫り物があると聞いて、十蔵を殺してあっしが死んだことにしようと……。そんな浅はかな考えを持ったんですが、いざ十蔵の隙を突いて殺ろうとしても、体が震えて出来ませんでした」

「体が震えた？」

「はい。手足が震えて」

「なぜだ？　ひとを殺すことが怖くなったのか」

「さあ」

「八田の久作を襲ったときはそんなことはなかったのか」

「よく覚えておりません。手が震えていたと思いますが、仲間もいっしょだったし、夢中で刺してしまったのかもしれません」

「久作を殺したときの手応えを覚えているか」

「いえ、覚えていません。賭場から逃げた夜、倉賀野宿の伊勢蔵親分から久作は死んだ。よくやったと五両をもらい、その夜のうちに倉賀野宿を出たんです」

「そなたが、そのような羽目に陥ったのも、すべて花見の一件からだ。しかし、調べ直したところ、すべてそなたの言い分が正しいことがわかった。奉行所の失態だ。そなたの汚名は雪がれることになった」

「いえ、もういいんです。どっちみち、ひとを殺しているんですから。覚悟を決めています。青柳さま」

宗次は身を乗り出し、

「『大福屋』の番頭から脅し取った三十両は『弁天家』のおせんという女に預けてあります。身請けしてやるという約束が守れず、すまないとあっしが謝っていたと伝えていただけませんか」

「宗次。そなたは久作が死んだのを確かめたのか」

「いえ、そんな余裕はありませんでした。刺したあと、すぐ逃げだしたので」

「江戸まで追いかけてきたのは誰か知っているか」

「へえ、久作の子分の丹造という男です」

「代官所の手配はなかったことは」

「いえ」

宗次は怪訝そうな目を向けた。

「代官所に問い合わせたところ、久作を殺した下手人は捕まったそうだ」

「えっ？」

「捕まったのは丹造だ」

「どういうことですか」

「そなたは久作を刺したが、手が震えていて急所を外したか、浅手だったのではないか。そなたが逃げたあと、丹造が久作を刺したそうだ。親分の仇をとると言って江戸まで捜しにきたのは、あくまでも自分への疑いを逸らすため。しかし、丹造が匕首で刺すのを見ていた者がいたそうだ」

「なぜ、丹造が？」

「跡目を狙ったのだ」

「…………」

「宗次、殺しはしていないのだ。また、やり直せる」

「青柳さま」

宗次はやっと口に出した。

「これからちょっとした罪の償いはしなければならないだろうが、それほど重くはないはずだ。みな奉行所の過ちから起きたこと。生きる希望を持て」

剣一郎はさらに、

「『弁天家』のおせんに対する気持ちが本物なら、これから一生懸命働いて身請けしてやるのだ」

と、付け加えた。

「青柳さま。ありがとうございます」

宗次は嬉し涙を流していた。

数日後、ここ何日かの暖かさで、桜の花もいっきに開花をした。

とくに、鏡ケ池の辺にある一本の桜の樹は満開に咲き誇っていた。その桜の樹の周囲を、『上総屋』の新当主の正太郎、母親、そして卯平が囲んだ。

剣一郎は太助に土を掘り起こすように命じた。鋤を持った太助は土を掘りはじめた。草の根が生え、苦労していたが、やがて堅いものに当たった。

「何かあります」

太助が声を上げ、今度は手で土をどかした。正太郎も手伝う。

やがて、太助と正太郎が千両箱を持ち上げた。

地面に置いた千両箱に卯平が近づいた。それを見つめてから、剣一郎に言った。

「間違いありません」

　剣一郎は念のために蓋を開けた。小判がびっしり収まっていた。

　少し離れたところに『上総屋』の手代がふたり、大八車を用意して待っていた。

「では、確かにお返しいたしました」

　卯平は正太郎と母親に言う。

「卯平さん、ありがとうございました。お礼を差し上げたいのですが」

　正太郎が礼を言う。

「とんでもない。そんなものをもらったんじゃ、幸助さんに叱られます。それに、これはもともと『上総屋』さんのものなのですから」

「幸助さんによろしくお伝えください」

　正太郎は何度も礼を言い、

「青柳さま。このまま『上総屋』に運んでよろしいのでしょうか」

　と、確かめるようにきいた。

「構わない。知っているのはこの場にいる者だけだ。へたに騒ぎ立てるつもりはない」

　剣一郎は幸助や卯平の気持ちを思いながら言った。

「わかりました」

正太郎は微笑んだあと、

「それから、私を助けてくれた宗次さんにお礼をしたいのですが」

と、きいた。

「気持ちだけで十分だ」

「もし、私に出来ることがあったら、なんでも言ってくださいと告げていただけますか」

「わかった。伝えておく」

正太郎と母親は手代が曳く大八車とともに『上総屋』に引き上げた。

「卯平。いろいろごくろうだった」

剣一郎は卯平を労った。

「せめてもの罪滅ぼしの真似事です。ほんとうなら死んでお詫びをしなくてはいけないんでしょうが」

「ともかく、この顚末を幸助に伝えるのがそなたの役目」

「はい」

卯平は返事をしてから、

「真下さまにどうか事実をお話しくださいさい。お近づきになれて楽しかったとお伝えを」

と、訴えるように言った。

「わかった」

「青柳さま」

太助が声を上げた。

「ご覧ください。見事な桜です」

剣一郎は桜に目をやった。

卯平も見つめる。万感の思いが込み上げてきたのか、卯平の頬に涙が伝わっていた。

「幸助とおはまが植えた桜だ」

剣一郎は感慨深い思いで口にした。

一〇〇字書評

桜の下で

切り取り線

購買動機（新聞、雑誌名を記入するか、あるいは○をつけてください）	
□（　　　　　　　　　　　　　）の広告を見て	
□（　　　　　　　　　　　　　）の書評を見て	
□ 知人のすすめで	□ タイトルに惹かれて
□ カバーが良かったから	□ 内容が面白そうだから
□ 好きな作家だから	□ 好きな分野の本だから

・最近、最も感銘を受けた作品名をお書き下さい

・あなたのお好きな作家名をお書き下さい

・その他、ご要望がありましたらお書き下さい

住所	〒				
氏名		職業		年齢	
Eメール	※携帯には配信できません		新刊情報等のメール配信を 希望する・しない		

この本の感想を、編集部までお寄せいただけたらありがたく存じます。今後の企画の参考にさせていただきます。Eメールでも結構です。

いただいた「一〇〇字書評」は、新聞・雑誌等に紹介させていただくことがあります。その場合はお礼として特製図書カードを差し上げます。

前ページの原稿用紙に書評をお書きの上、切り取り、左記までお送り下さい。宛先の住所は不要です。

なお、ご記入いただいたお名前、ご住所等は、書評紹介の事前了解、謝礼のお届けのためだけに利用し、そのほかの目的のために利用することはありません。

〒一〇一-八七〇一
祥伝社文庫編集長　清水寿明
電話　〇三（三二六五）二〇八〇

祥伝社ホームページの「ブックレビュー」からも、書き込めます。
www.shodensha.co.jp/bookreview

祥伝社文庫

桜の下で　風烈廻り与力・青柳剣一郎

令和 5 年 1 月 20 日　初版第 1 刷発行

著　者　小杉健治
発行者　辻　浩明
発行所　祥伝社
東京都千代田区神田神保町 3-3
〒 101-8701
電話　03（3265）2081（販売部）
電話　03（3265）2080（編集部）
電話　03（3265）3622（業務部）
www.shodensha.co.jp

印刷所　堀内印刷
製本所　ナショナル製本
カバーフォーマットデザイン　中原達治

Printed in Japan ©2023, Kenji Kosugi　ISBN978-4-396-34864-9 C0193

祥伝社文庫の好評既刊

小杉健治　灰の男〈上〉

B29を誘導するかのような放火、空襲警報の遅れ――昭和二十年三月十日の東京大空襲は仕組まれたのか⁉

小杉健治　灰の男〈下〉

愛する者を喪いながら、歩みを続けた昭和の人々への敬意。衝撃の結末が胸を打つ、戦争ミステリーの傑作長編。

小杉健治　偽証（ぎしょう）

誰かを想うとき、人は嘘をつくのかもしれない。下町を舞台に静かな筆致で人の情を描く、傑作ミステリー集。

小杉健治　容疑者圏外

夫が運転する現金輸送車が襲われた。共犯を疑われた夫は姿を消し……。一・五億円の行方は？

小杉健治　死者の威嚇（いかく）

身元不明の白骨死体は、関東大震災で起きた惨劇の爪痕なのか？　それとも――歴史ミステリーの傑作！

小杉健治　恩がえし　風烈廻り与力・青柳剣一郎㊺

一家心中を止めてくれた恩人捜しを請け負った剣一郎。男の落ちぶれた姿に一体何が？

祥伝社文庫の好評既刊

小杉健治
隠し絵 風烈廻り与力・青柳剣一郎（56）
宝の在り処か、殺人予告か、それとも――？ 見知らぬ男から託された錦絵の謎。そこに描かれた十二支の正体とは？

小杉健治
死者の威嚇（いかく）
身元不明の白骨死体は、関東大震災で起きた惨劇の爪痕なのか？ それとも――歴史ミステリーの傑作！

小杉健治
一目惚れ（ひとめぼれ） 風烈廻り与力・青柳剣一郎（57）
忍び込んだ勘定奉行の屋敷で女に惚れた亀二は盗人から足を洗うが、剣一郎に怪しまれ……。

小杉健治
約束の月㊤ 風烈廻り与力・青柳剣一郎（58）
将軍家が絡むお家騒動に翻弄される若い男女と、彼らを見守る剣一郎。しかし、刺客の手が……。

小杉健治
約束の月㊦ 風烈廻り与力・青柳剣一郎（59）
女との仕合わせをとれば父を裏切ることに。運命に悩む若者を救うため、剣一郎が立ち上がる！

小杉健治
ひたむきに 風烈廻り与力・青柳剣一郎（60）
訳あって浪人の身になった男に殺しの疑いが。逆境の中、己を律して生きるその姿が周りの心を動かし……。

祥伝社文庫の好評既刊

あさのあつこ　**人を乞う**(こ)

政の光と影に翻弄された天羽藩上士の子・伊吹藤士郎と異母兄・柘植左京。父の死を乗り越えふたりが選んだ道とは。

あさのあつこ　**にゃん！**　鈴江三万石江戸屋敷見聞帳

町娘のお糸が仕えることになったのは、鈴江三万石の奥方様。その正体は……なんと猫⁉

有馬美季子　**食いだおれ同心**

食い意地の張った同心と、見目麗しき世直し人がにっくき悪を懲らしめる痛快捕物帳！

有馬美季子　**つごもり淡雪そば**　冬花(ふゆか)の出前草紙

一人で息子を育てながら料理屋〈梅乃〉を営む冬花。ある日、届けた弁当に毒を盛った疑いがかけられ……。

五十嵐佳子　**女房は式神(しきがみ)遣い！**　あらやま神社妖異録

町屋で起こる不可思議な事件。立ち向かうは女陰陽師とイケメン神主の新婚夫婦。笑って泣ける人情あやかし譚。

五十嵐佳子　**女房は式神(しきがみ)遣い！　その2**　あらやま神社妖異録

衝撃の近所トラブルに巫女の咲耶と夫で神主の宗高が向かうと、毛並みも麗しい三頭の猿が出現し……。